Rowohlt Verlag GmbH, Kirchenallee 19, 20099 Hamburg

Kontaktadresse nach EU-Produktsicherheitsverordnung:
produktsicherheit@rowohlt.de

SANDRA LÜPKES

NORDSEE-SOMMER

Eine Inselgeschichte

Illustrationen von Ole West

ROWOHLT TASCHENBUCH VERLAG

3. Auflage Februar 2024

Originalausgabe
Veröffentlicht im Rowohlt Taschenbuch Verlag,
Reinbek bei Hamburg, April 2013
Copyright © 2013 by Rowohlt Verlag GmbH,
Reinbek bei Hamburg
Umschlaggestaltung any.way, Cathrin Günther
(Umschlagabbildung: Ole West)
Satz aus der Swift, PostScript, InDesign, bei
Pinkuin Satz und Datentechnik, Berlin
Druck und Bindung
BoD – Books on Demand GmbH, Bad Hersfeld
ISBN 978-3-499-25771-1

Fraukes erster Tag

Der Schlüssel unter der Fußmatte, mal ehrlich, wo gab es so etwas heute noch?, dachte Frauke und betrachtete das Ding in ihrer Hand. Endlich waren sie angekommen. An der Nordsee. Auf einer Insel. In einer anderen Welt.

Das hieß, sie war angekommen – ihr Sohn Keno hingegen schlurfte so dermaßen langsam um die Ecken, wahrscheinlich wollte er bis übermorgen noch nicht in ihrem Feriendomizil am Deich eintreffen. Früher war es für ihn das Größte gewesen, als Erster am *Piratennest* anzukommen. Er hatte gejohlt, wenn er die gehisste schwarze Seeräuberflagge am Mast flattern sah, war schon am Hafen losgerannt und manchmal über seine eigenen Füße gestolpert. Frauke vermisste den Keno von damals, der so fröhlich, offen und neugierig gewesen war. Mit dem jetzigen Keno eine Woche an der Nordsee zu verbringen war etwas völlig anderes.

Drinnen roch es nach Zitronenreiniger. Frau Ekkenga hatte schon gewarnt, es würde knapp werden mit dem Putzen. «Fliegender Wechsel» nannte sie die Tage, an denen die abreisenden Gäste ihren Nachfolgern bereits an der Fähre begegneten. In den Sommerferien gaben sich die Ferienhausbewohner die Klinke in die Hand. Deswegen hatte Frauke auch lediglich sieben Tage ergattern können. Ansonsten war alles ausgebucht. Hauptsaison, die Insel platzte aus allen Nähten.

Es war schön, hier anzukommen und alles wie immer vorzufinden. Gut, der Schaukelstuhl hatte einen neuen Bezug, doch an den Wänden hingen die altvertrauten Landschaftsbilder: auf Seekarten gemalte Inselmotive in Kieferrahmen. Auch die Gardinen der Terrassentür waren nach wie vor ein paar Zentimeter zu kurz und etwas ausgeblichen, doch sie wurden ohnehin nie zugezogen, da man durch die Fenster einen traumhaften Blick direkt auf den Deich genießen konnte. Kein stylisches Interieur für ein Architekturmagazin, zum Glück nicht. Frauke atmete tief durch.

Auf einmal hörte sie hüpfende Kinderschritte hinter sich. Hatte Keno etwa seinen inneren Schweinehund überwunden? Wurde er trotz seiner 15 Jahre wieder zum erwartungsfreudigen Kind?

Frauke drehte sich zur Tür, das wäre ja ... Da stand ein Mädchen mit schrägen Zöpfen und sah sie perplex an. In Fraukes Blick war wahrscheinlich dieselbe Frage geschrieben: «Was will *die* denn hier?»

«Papa!», rief das fremde Kind. «Hier ist 'ne komische Frau in unserem Wohnzimmer.»

Im Türrahmen tauchte jetzt ein Mann auf, so der lässige Typ, gewollt und nicht gekonnt, mit Bartstoppeln und Schlabbershirt, eine dicke, zerbeulte Sporttasche über der rechten Schulter. «Was machen Sie hier?», fragte er.

«Urlaub.» Mehr fiel Frauke in diesem Augenblick nicht ein.

«Aber nicht hier!», stellte das Mädchen klar. «Hier sind Papa und ich. Jedes Jahr. Also können Sie ja wohl schlecht auch Urlaub im *Piratennest* machen, stimmt's?» Sie mochte höchstens zehn sein, redete aber daher wie die Managerin eines Reiseunternehmens, die Hände herausfordernd in die Hüften gestemmt. Naseweis, aber doch irgendwie niedlich.

Deswegen fiel es Frauke auch leicht, höflich zu bleiben. Fast automatisch wandte sie sich mit der offiziellen Buchungsbestätigung an das Kind. Der dazugehörige Vater sah nämlich keineswegs so aus, als hätten seine Gene für die Zielstrebigkeit des Nachwuchses gesorgt.

«Siehst du? Sechs Übernachtungen für zwei Personen im *Piratennest*. Und zwar ab heute.»

Die Kleine blickte unsicher zu ihrem Vater. Umständlich setzte der Mann die Tasche ab, wühlte darin herum und zog ein zerknittertes Papier heraus. «Bis auf die Anschrift sind unsere Schreiben identisch ...»

Frauke starrte auf den Zettel. Der Mann hatte recht. «Und was nun?»

In diesem Moment sahen sie Frau Ekkenga die Straße auf sie zueilen. Eigentlich eine patente Vermieterin, doch ihr hochroter Kopf verriet bereits, dass ihr ebenfalls aufgefallen sein musste, was heute im *Piratennest* gründlich schiefgelaufen war. Noch bevor sie das Haus erreicht hatte, begann sie mit wortreichen Entschuldigungen.

Keno, der nun ebenfalls Richtung Eingang trottete, ließ sich von ihr geradewegs in die Hagebuttensträucher abdrängen.

«Frau Harsewinkel, Herr Trigg – es tut mir so leid, ich weiß gar nicht ...» Im Flur blieb sie schnaufend stehen. «Das ist mir jetzt aber wirklich schrecklich unangenehm!»

Frauke holte Luft, so etwas durfte nicht passieren! «Also wirklich, ich bin ...»

Doch da kam ihr dieser Herr Trigg schon zuvor. Im Gegensatz zu ihr schien er über ein weit gelasseneres Gemüt zu verfügen. «Ich bin sicher, wir finden eine Lösung», sagte er beschwichtigend. «Setzen wir uns doch erst mal alle an den Tisch.»

Und da hockten sie dann eine ganze Weile. Frau Ekkenga telefonierte die halbe Insel ab, um eine zweite Ferienwohnung zu finden. Sie selbst verwaltete ein ganzes Dutzend, alle mit so klangvollen Namen wie *Nixenparadies*, *Matrosenheimat*, *Klabauterhaus* und *Undinenschloss*, aber da war definitiv alles ausgebucht. Vielleicht wusste ihre Freundin aus der Trachtengruppe Rat, die arbeitete bei der Kurverwaltung. Aber – Fehlanzeige. Also weiter im Programm. Frau Ekkenga kannte alle Nummern auswendig, sie war wie ein wandelndes Telefonbuch.

Der Schwimmmeister im Meerwasserhallenbad meinte, man solle die Frau aus der Teestube fragen, die sei doch mit dem Hafenwart liiert, und der wisse schließlich bestens, wer die Insel verließ oder gerade angekommen war.

Während Frau Ekkenga sich ein rotes Ohr telefonierte, zupfte Keno ständig am Häkeldeckchen herum. Frauke machte das schrecklich nervös, aber sie konnte ihrem Sohn ja hier schlecht auf die Finger klopfen, er war schließlich nicht mehr im Kindergarten. Außerdem fiel ihr auf, dass der Mann gegenüber genau dasselbe machte. Er bohrte seine Finger durch die kleinen Löcher des Tischläufers, zog daran und strich sie wieder glatt. Was für ein Kindskopf!

«Papa, lass das doch mal», zischte seine Tochter ihm ins Ohr, gerade laut genug, dass auch Frauke es hören konnte.

Irgendwann ließ Frau Ekkenga resigniert den Hörer sinken. Sie war verdächtig blass um die Nase. «Ich fürchte ... Ach je ...»

«Schon gut. Wir fahren wieder», entschied Frauke und hätte am liebsten sofort die Koffer gegriffen. Dann eben nicht. Vielleicht fand sich ja noch eine Wohnung auf dem Festland. Ihr würde auch ein Urlaub auf Balkonien reichen, denn Keno war ohnehin nicht scharf auf das Ganze hier.

Doch ausgerechnet ihr Sohnemann erhob sich jetzt und protestierte. «Warum sollen ausgerechnet wir fahren? Die haben vielleicht viel später gebucht, und dann hätten wir das Recht auf die Wohnung, oder nicht?»

«Darüber brauchen wir uns heute gar nicht den Kopf zu zerbrechen», unterbrach Herr Trigg. «Soweit ich weiß, geht überhaupt keine Fähre mehr.»

Frau Ekkenga nickte schwach.

«Dann bleiben wir doch einfach alle hier», schlug das Mädchen vor. «Ich schlafe bei Papa im Bett, und ihr könnt euch ja das Sofa teilen.»

Über die inzwischen völlig verzogene Tischdecke hinweg sah Frauke die anderen ziemlich irritiert an. Hier saßen vier Menschen, die sich zu früh gefreut hatten: ihr störrischer Junge im Stimmbruch, ein planlos wirkender Mann um die vierzig mit einer neunmalklugen Tochter und sie selbst, die ein Jahr lang Vollgas gab, im Ingenieurbüro und zu Hause, um sich diese kurze Inselwoche zu gönnen. Am liebsten wäre sie in Tränen ausgebrochen.

«Ich erlasse Ihnen auch den Mietpreis für diese Nacht», flüsterte Frau Ekkenga.

Als ob es darauf ankam!

«Okay, ich bin Frauke Harsewinkel», stellte sie sich schließlich vor, denn irgendwer musste ja den Anfang machen. «Und ich hätte heute Nacht eigentlich lieber das Bett.»

Claras zweiter Tag

Papa, du schnarchst», sagte Clara und hielt ihrem Vater die Nase zu, weil ihr mal jemand erzählt hatte, dass das was bringen würde. Doch er schnappte nur kurz nach Luft und drehte sich zur anderen Seite. Das Bettsofa schwankte wie ein Floß.

Zu blöd, dass diese Frau sich durchgesetzt und das Schlafzimmer bekommen hatte. Ihr Sohn war in der kleinen Butze unter dem Dach verschwunden, wo eine Matratze auf dem Boden lag. Sie selbst durfte da nicht pennen, weil man über eine wackelige Leiter nach oben klettern musste. Dabei hätte sie das locker geschafft, ihr Papa machte sich total unnötige Sorgen. Eigentlich waren die Ferien mit ihm immer toll, und Clara freute sich schon darauf, zusammen im Meer schwimmen zu gehen. Aber er war Langschläfer, und dieses faule Rumgammeln ging ihr auf den Keks. Es war doch schon hell, super Wetter und fast sieben Uhr. Höchste Zeit zum Aufstehen!

Aus dem Badezimmer waren Geräusche zu hören. Klospülung, Zahnbürste, Wasserhahn – dann versuchte jemand unauffällig durchs Wohnzimmer zu schleichen.

Clara setzte sich auf. «Guten Morgen!»

Es war diese Frauke, in Sportklamotten. «Hab ich dich geweckt?»

«Nö, ich bin immer so früh wach. Gehst du Brötchen holen?»

Die Frau grinste. «Nach dem Joggen kann ich gerne welche mitbringen.» Clara fand, sie sah total gut aus. Aufmerksam beobachtete sie, wie die Frau sich lustige Knoten in die Haare machte, genauso wie die schicken Frauen in der Werbung.

«Gut, dann decke ich schon mal den Tisch auf der Terrasse.» Clara stand auf und lief barfuß durch die Wohnung. Sie trug Teller und Tassen nach draußen, wo die Sonne schon über der Deichkrone aufgegangen war und die kleine Sitzecke hinter dem Haus wärmte. Sie kannte sich im *Piratennest* aus, denn sie waren schon viermal hier gewesen. Früher noch mit Mama, aber die fuhr jetzt lieber mit Gerd in die Berge. Und Ferien waren sowieso immer Papa-Zeit. Wenn er denn mal irgendwann wach wurde ...

Als Frauke nach einer halben Ewigkeit über den Gartenweg zurückkam, war Claras Langeweile weiter gestiegen. «Hier schlafen immer noch alle.»

Frauke war ein bisschen rot im Gesicht und atmete schnell, aber sie hatte eine prall gefüllte Papiertüte dabei, aus der es ganz toll roch.

«Ich dusche nur schnell, und dann können wir beide ja ...»

Mehr verstand Clara nicht, denn Frauke war schon im Bad

verschwunden. Kurz darauf rauschte das Wasser. Mannometer, dachte sie, die war echt auf Zack!

«Alle aufwachen!», rief Clara laut. «Frühstück ist fertig!» Zum Glück hatte sie Papa gestern noch daran erinnert, Marmelade, Nusscreme und das andere Zeug einzukaufen. Jetzt konnte sich der gedeckte Tisch echt sehen lassen. Frauke kam mit einem lustigen Handtuchgebilde auf dem Kopf zurück, lobte Claras Eifer, setzte Teewasser auf und hockte sich zu ihr. Trotz mehrmaligen Rufens regten sich weder ihr Papa noch der Junge. Zu zweit war es aber auch ganz nett. Seltsam war nur, dass Frauke alles Essbare erst mal auf seine Zutaten hin überprüfte. Dann holte sie aus ihrem eigenen Rucksack Bananen und Äpfel hervor, die sie in kleine Stücke schnitt.

«Die Wurst ist total lecker, willst du?», bot Clara an. «Haben Papa und ich gestern noch auf dem Festland besorgt!»

Doch Frauke schüttelte den Kopf. «Danke, aber ich lebe vegan.»

«Du lebst was?»

«Ich verzichte auf tierische Produkte. Keine Milch, kein Käse, keine Eier, Fleisch sowieso nicht.»

O Mann, das hörte sich ja kompliziert an. Papa würde garantiert blöde Witze darüber machen. Er hasste so Öko-Frauen. «Aber Honig geht?», fragte Clara vorsichtig.

«Bienen sind auch Tiere.»

Ausführlich erklärte Frauke ihr dann, was alles im Essen drin steckt und wofür der Körper das alles braucht. Dann wechselte sie zum Glück das Thema und fing mit den typischen Erwachsenen-Fragen an: Wie alt bist du? Welche Schule besuchst du? Hobbys? Was willst du später mal werden? Das Übliche. Aber Clara bekam auch ein bisschen was heraus: Frauke war zweiundvierzig, Architektin und lebte mit ihrem Sohn Keno in einer Großstadt ganz in der Nähe von Clara.

«Und was habt ihr beide euch für diese Woche so vorgenommen?» Frauke goss sich Tee nach. «Du und dein Vater?»

«Wir gehen zusammen im Meer schwimmen, das hat er mir hoch und heilig versprochen!» Und das war es auch, worauf Clara sich am allermeisten freute: dass Papa mit ihr in der Nordsee schwimmen ging und sie im Wasser von seinen Schultern hüpfen ließ wie von einem Sprungbrett. Oder dass sie ausprobierten, wer am längsten unter Wasser bleiben konnte. Oder man immer durch die Beine des anderen tauchen musste, was hier am Meer gar nicht so einfach war, denn das Salzwasser brannte in den Augen, aber man musste ja trotzdem gucken, wohin man gerade schwamm. Alles super Sachen, an die im Moment aber noch nicht zu denken war, denn Papas Schnarchen konnte sie bis auf die Terrasse hören.

«Schön, dass ihr was zusammen machen wollt.» Frauke biss in ihr Brötchen – Vollkorn ohne alles, war ja klar. «Jungen in Kenos Alter sind nicht gerade scharf darauf, etwas mit ihren Müttern zu unternehmen. Aber ich hatte mich für ein spannendes Projekt angemeldet, bei dem die Gäste im Naturschutzgebiet neue Sandfangzäune in die Dünen setzen. Vielleicht willst du ja mitmachen?»

«Ich dachte, ihr fahrt heute wieder?»

«Erst am Nachmittag. Gleich werde ich mal an den Strand gehen und mir die Aktion anschauen. Du könntest ja später mit deinem Vater hingehen.»

«Dazu ist der viel zu faul!» Jetzt lachten sie beide.

Eigentlich schade, dass Frauke heute abreist, dachte Clara, von mir aus dürfte die auch bleiben. «Aber ich könnte ja gleich mit dir gehen.»

Hennings zweiter Tag

Woher seine Tochter diese Geschäftigkeit hatte, war Henning schleierhaft. Als er um zehn Uhr mühsam die Augen öffnete, fand er auf dem Kissen neben sich einen Zettel: *Bin mit Frauke die Umwelt schützen und um 12 wieder da.* Was das wohl bedeuten sollte? Klein darunter hatte sie noch gekritzelt: *Die Frauke ist noch was schlimmeres als eine die kein Fleisch ist.*

Aha, interessant.

Er schleppte sich in die Küche, fand in einer Dose einen Rest Kaffee, den die Gäste vor ihnen hiergelassen haben mochten, und setzte die Maschine in Gang. Blubbernd sammelte sich ziemlich schwarzes Zeug in der Glaskanne.

«Koffein!», lobte eine Stimme, die Henning an eine unglaublich anstrengende Zeit in seinem eigenen Leben erinnerte. Im Stimmbruch war alles auf der Welt so schrecklich peinlich, sogar ein Wort mit bloß drei Silben. Dieser Keno steckte gerade mittendrin, der Ärmste.

«Ich mach genug für uns beide.»

Suchend schaute Henning sich um, irgendwo roch es hier doch nach frischen Brötchen. Auf der Terrasse entdeckte er den gedeckten Frühstückstisch. Die Sonne blendete, als wolle sie Menschen wie ihn dafür bestrafen, dass sie fast den halben Tag verschlafen hatten. Er öffnete den Kühlschrank. «Rührei mit Speck wäre auch noch im Angebot.»

«Bin dabei!» Keno drehte das kleine Radio auf der Fensterbank in Richtung Terrasse und fummelte an den Knöpfchen herum, bis er einen Sender fand, auf dem Gitarrenklänge zu hören waren. Zum Glück nicht diese Plastikmusik eines amerikanischen Milchbubis, die Clara bevorzugte.

«Machst du auch selbst Musik?», fragte Henning.

Keno nickte. «E-Bass. Und Sie?»

«Sag ruhig du.»

«O. k.»

Kein Wort zu viel, dachte Henning. Ihm war es recht.

«Mit Musik habe ich es nicht so. Ich bin Schriftsteller. Ich schreibe Liebesromane.»

«Aha.» Keno fragte nicht weiter nach, so als ob Henning bloß einen stinklangweiligen Job beim Finanzamt hätte. Normalerweise interessierten sich die Leute immer brennend dafür: Woher nehmen Sie die Ideen? Haben Sie feste Arbeitszeiten? Ist eines Ihrer Bücher schon verfilmt worden? Keno schien nur anstandshalber zuzuhören.

Aber Henning hatte ohnehin wenig Lust, über seinen Job zu reden. Der Abgabetermin für seinen heiteren Männerroman war schon zwei Wochen verstrichen. Disziplin war einfach nicht seine Stärke, und diese Story von einem affärengeilen Medienstar, der sich in eine schüchterne Kinderkrankenschwester verliebt und am Ende zu einem besseren Menschen wird, schien die Tastatur seines Laptops wie Honig zu verkleben. Noch drei Kapitel. Auch sein Agent wurde langsam ungeduldig.

Sie saßen zusammen, schweigend, tranken Kaffee und verdrückten sehr viel von dem Rührei mit reichlich Speck und sehr wenig von dem kleingeschnittenen Kindergarten-Obst, das jemand hingestellt hatte.

Henning konnte sich nicht erinnern, hier jemals so einen wolkenlosen Himmel präsentiert bekommen zu haben, weit öfter war sein Nordseeurlaub gnadenlos ins Wasser gefallen. Und jetzt: Ein bunter Lenkdrachen steuerte auf die Sonne zu, verfolgt von neugierigen Möwen, sonst weit und breit nichts, was die Sicht ins Blau beeinträchtigt hätte. Gleich würde er seinen Laptop rausholen und hier draußen ein bisschen was tun. Ein kühles Bierchen dazu – ein perfekter Tag.

Erst als eine unbestimmte Zeit später – eine oder zwei Stunden, was machte das schon? Schließlich hatte er Urlaub – das Geplapper von Clara von der Straße her schallte, wurde Henning bewusst, wie angenehm dieses ruhige Männerfrühstück gewesen war. Er hatte nichts gegen die Gesellschaft des schweigsamen Keno. Eigentlich schade, dass er heute abreisen würde.

«Können wir nicht bleiben?», fragte Keno über die vollgekrümelte Tischdecke hinweg, als könne er seine Gedanken lesen. «Ich meine, könntest du dir vorstellen ...?»

Der arme Kerl, seine Stimme hopste von Sopran zu Bass, dass es klang, als wolle er ein Jodeldiplom absolvieren.

Doch Henning verstand genau. «Wenn du deine Mutter überreden kannst, ich hab nichts dagegen!» Allerdings schien ihm diese Frauke ein ziemlich biestiges Wesen zu sein. Eigentlich die Sorte Frau, der Henning bislang immer erfolgreich aus dem Weg gegangen war. Er ließ sich eben ungern hetzen oder bevormunden. Nun ja, abgesehen von Töchterchen Clara, die konnte natürlich alles mit ihm machen.

Besonders wenn sie ihm, so wie jetzt, das Gefühl gab, der tollste Mann der Welt zu sein. Stürmisch rannte sie über den Gartenweg auf ihn zu und fiel ihm um den Hals, während tausend Silben pro Minute aus ihrem Mund sprudelten.

«... wir ganz alte Möweneier gefunden, die haben gestunken wie ...» Henning nickte Frauke zu, und ihm fiel auf, dass sie eigentlich ein unglaubliches Lächeln hatte. «Papa, hörst du mir überhaupt zu? Ich habe mindestens zwanzig Büsche eingepflanzt, das war total anstrengend und ...»

«Clara hat sich wirklich toll engagiert», bestätigte Frauke und wuschelte ihrem Sohn durch die Haare.

Keno duckte sich weg. Kein Wunder, jeder Fünfzehnjährige hätte das als einen versteckten Vorwurf verstanden.

«Wir müssen Koffer packen», erklärte sie und warf einen skeptischen Blick auf den chaotischen Tisch und dann auf ihr supermodernes Handy. «Die Fähre geht in zwei Stunden. Kommst du?»

Keno schwieg. Nur der Moderator im Radio quatschte das Sommerloch mit Unsinn voll. Henning bemerkte gleich, dass der Junge sich wohl eher die Zunge abbeißen würde, als seiner Mutter gegenüber eine Bitte zu äußern. «Also, äh ...» Henning räusperte sich. «Von mir aus können wir es auch ... zusammen versuchen. So ein, zwei Tage ... Platz genug wäre ja.»

Ihm fehlten selten die Worte. Einem Schriftsteller passierte so etwas eigentlich nicht, aber Fraukes Gegenwart bremste ihn irgendwie. Diese hellgrünen Augen, die durch das Sonnenlicht fast unecht wirkten, und die Spitzen ihres blonden Haares, das der Inselsand umspielte – meine Güte, zu welchen Platituden ließ er sich gerade hinreißen?

«O ja!», jubelte Clara.

«Was sollen wir versuchen?» Frauke sah von ihrem Handy auf.

Sie tat doch nur so, als habe sie ihn nicht verstanden.

«Wir könnten uns das Ferienhaus teilen», erklärte Henning. «Mich stört es nicht.»

«Kommt gar nicht in Frage.» Sie ließ ihr Handy in der Tasche verschwinden. «Wissen Sie, ich habe einen sehr stressigen Job, immer sind Menschen um mich herum. Im Urlaub will ich endlich mal Zeit für mich allein haben.» Nach einer verräterischen Pause fügte sie mit Blick auf ihren Sohn hinzu: «Und für Keno natürlich.»

«Also, ich hab kein Bock, meine Sommerferien mit dir zu Hause rumzuhängen.» Keno warf sein angebissenes Brötchen auf den Teller. «Du bist doch sowieso dauernd unterwegs mit deinem Scheiß-Aktivismus.»

«Werd nicht frech, mein Lieber!» Fraukes Augen blitzten auf. «Und auf den Inselurlaub mit mir hast du dich also ganz besonders gefreut, oder was?» Sie schnaubte.

Mann, bei den beiden ging aber gerade etwas gründlich in die Hose. Henning stand auf und räumte die Teller zusammen. Es kam ihm vor, als habe er genau die gleichen kleinen Kämpfe mit seiner eigenen Mutter erst gestern ausgefochten.

«In zwei Stunden fährt das Schiff?», fragte er. «Dann gehe ich jetzt erst mal ins Inseldorf und hole mir eine Zeitung. Kommst du mit, Keno?» Was auch immer ihn da gerade geritten hatte – eigentlich mischte er sich nie in die Erziehungsgeschichten anderer Eltern ein. Warum auch? Er selbst gab auch nicht gerade ein leuchtendes Beispiel der Pädagogik ab.

«Gute Idee!» Keno erhob sich überraschend dynamisch.

Sollte Frauke vorgehabt haben, den plötzlichen Aufbruch ihres Sohnes zu verhindern, so kam sie nicht dazu, denn Clara hatte schon wieder begonnen, von Reisigbüschen, Möweneiern und anderen Abenteuern zu plappern. Im Wortabschneiden war sie einfach unschlagbar.

Eilig marschierten Henning und Keno ins Haus, schlüpften in ihre Bermudashorts und spritzten sich ein bisschen Wasser ins Gesicht, schließlich waren sie hier auf einer Familieninsel in der Nordsee und nicht in Saint-Tropez.

Kenos zweiter Tag

Da war sie wieder! Anscheinend wohnte das Mädchen im Ferienhaus *Nixenparadies* nebenan. Sie hatte wunderschöne Locken und war nicht ganz so dürr wie die Zicken aus seiner Klasse. Auch die Zahnspange fand er total süß ... Gerade stieg sie auf ein Hollandrad und lächelte in seine Richtung. Kein Zweifel, sie meinte ihn!

Keno hatte sie gestern auf dem Weg vom Hafen hierher entdeckt und sich sofort in sie verknallt. Das passierte ihm immer mal wieder, bislang leider erfolglos. Mädchen waren echt was Tolles – toll und unerreichbar.

Ob er mal wieder knallrot geworden war?, fragte sich Keno und schielte zu Henning, der neben ihm lief. In der Schule wusste dann immer jeder gleich Bescheid.

Doch Henning sagte nur: «Da drüben ist es schon.»

Tatsächlich war der Zeitungsladen keine zweihundert Meter entfernt, direkt neben dem Kurplatz, gegenüber vom Bäcker. Als er noch klein war, hatte Keno im Urlaub immer die Brötchen holen dürfen, manchmal auch die Zeitung. Aber die war frühmorgens nicht immer da, auf der Insel galten andere Zeiten.

Er schaute sich unauffällig nach dem Mädchen um und wäre fast in Ohnmacht gefallen: Sie fuhr nur eine Armlänge hinter ihm, so als wolle sie ihn verfolgen. Wow!

«Hey, du bist doch Keno, oder?» Sie hatte ihn eingeholt und fuhr nun ganz langsam neben ihm her. Braune Augen. «Ich kenne dich von früher. Wir haben zusammen Strandgut gesammelt, da muss ich so acht oder neun gewesen sein. Erinnerst du dich?»

Er ging weiter. Zum Stehenbleiben waren seine Knie zu weich. «Kann sein.» Mehr brachte er nicht heraus. Er war total verwirrt. Wieso konnte er sich bloß nicht an sie erinnern?

«Ich heiße Lena. Falls du es vergessen hast …»

«Schön für dich.» Für seine Antwort hätte er sich im selben Moment sonst wohin beißen können.

Sie wurde wieder schneller, trat in die Pedale und sagte: «Dann eben nicht.» Weg war sie. Wie bescheuert war das denn?

Henning sah ihn fragend an, sagte aber nichts. Gut so, dachte Keno.

Gemeinsam betraten sie den Zeitungsladen. Henning kaufte sich so eine dicke Zeitung ohne Bilder, die seine Ma auch immer las. Aber was viel geiler war: Er nahm sich auch das aktuelle *Stage*, das coolste Mucker-Magazin überhaupt. «Hier, für dich.» Henning drückte ihm das Heft in die Hand. «Interessiert dich doch, oder? Und wenn du es durchhast, kannst du es mir ja geben.»

Bis auf die Tatsache, dass er ausgerechnet Schnulzenromane schrieb, war dieser Henning ziemlich lässig. Für einen Erwachsenen jedenfalls. Mit ihm würde Keno gern ein paar Tage verbringen, aber er sah schwarz, was seine Mutter anging. Mit der hielt man es einfach nicht lange aus. Immer machte sie Stress.

«Diese Lena ...», fing Henning beiläufig an, als sie schon wieder auf dem Rückweg waren.

Keno wollte seine Meinung über ihn schon revidieren, wenn er jetzt mit nervigen Ratschlägen so von Mann zu Mann ankommen würde ... Doch dann sagte Henning einen ziemlich coolen Satz: «Wenn du es schaffst, deine Mutter zum Bleiben zu überreden, dann werde ich versuchen, dir ein Date mit Lena zu arrangieren.»

«Quatsch, wie willst du das denn schaffen?»

Henning lachte. «Ich schreibe Liebesromane, schon vergessen? Ich bin also Profi in diesen Dingen.»

«Aber bitte keinen Schmalzkram!»

«Wofür hältst du mich?»

Keno war das Ganze peinlich. Mal wieder, irgendwie schien Peinlichkeit sein momentanes Standardgefühl zu sein. Andererseits traute er Henning zu, dass er sich wirklich auskannte.

«Warum willst du denn überhaupt, dass wir bleiben?»

Henning kickte eine kleine Muschel weg, die auf dem Gehsteig lag. Wahrscheinlich war sie einem Kleinkind aus dem Plastikeimer gefallen. Früher, als er noch ein Kind gewesen war, dachte Keno, hatte er auch immer bergeweise Strandgut ins *Piratennest* geschleppt. Ob Lena vielleicht dabei gewesen war?

«Kannst du etwas für dich behalten?», fragte Henning.

Keno nickte.

«Ehrlich gesagt bin ich ganz froh, wenn Clara jemanden hat, der mit ihr was unternimmt. Ich liebe meine Tochter, glaub mir. Aber wir sind wie Feuer und Wasser. Und auf Dauer gehen wir uns gegenseitig mächtig auf den Geist.»

Das konnte Keno sehr gut nachvollziehen. «Also abgemacht. Ich bearbeite meine Ma, und du ...» Oje, er wurde schon wieder rot.

Hätte er dieses Mädchen gestern nicht gesehen und ihren Blick aufgefangen, dann hätte er nichts dagegen, die Insel wieder zu verlassen. Doch unter diesen Umständen wäre es unverzeihlich. Die Liebe seines Lebens wohnte nebenan und war zum Greifen nah. Und vielleicht war Lena ja auch nicht ganz uninteressiert, könnte ja sein.

«Kein Problem», erwiderte Henning, «ich weiß, was ich zu tun habe.»

Fraukes dritter Tag

Heute war es deutlich frischer, aus Westen kommend, trug der Wind die träge Sommerhitze der letzten Tage davon und versorgte das kleine Eiland mit reichlich frischer Luft. Da war es nicht schlimm, wenn die Sonne sich heute Morgen nicht so recht zeigen wollte. Frauke atmete tief ein, die unvergleichliche Energie, die nur ein Nordseetag schenken konnte, erfüllte sie bis in die Fingerspitzen. Ja, heute wollte sie richtig loslegen. Zum Glück waren sie auf der Insel geblieben!

«Toll, dass ihr wieder alle da seid», rief die junge Frau vom Nationalparkteam. Sie hieß Marlene, und man sah ihr an, dass sie die meiste Zeit an der frischen Seeluft verbrachte, so ein Blond hatte Fraukes Friseur noch nie hinbekommen, obwohl sie regelmäßig ein kleines Vermögen bei ihm ließ.

«Und? Quält euch der Muskelkater vom Arbeiten in den Dünen gestern?»

O ja! Obwohl Frauke regelmäßig Sport trieb und ihren Körper immer entsprechend dehnte, bewegte sie sich heute wie ein Pinguin bei Glatteis. Alle Knochen schmerzten. Doch Aufgeben kam nicht in Frage, das passte nicht zu ihr. Außerdem hüpfte Clara so munter um sie herum, da wäre es eine Schmach gewesen, sich schon am zweiten Tag des Inselschutzprojekts eine Auszeit zu nehmen.

Von der Gruppe der engagierten Touristen hielt bereits jeder einen Spaten in der Hand. Sie befanden sich an der westlichen Strandseite der Insel, ungefähr zwei Kilometer vom Dorf entfernt. Im Winter hatten kräftige Stürme die Randdünen angegriffen. Nun sollten mit Hilfe von mannshohen Reisigbündeln einige hundert Meter Sandfangzaun errichtet werden, damit im Herbst neuer Strandhafer gepflanzt werden konnte. Die Büsche lehnten bereits an einem Holzverschlag. Manche der langen, dünnen Äste waren scharf wie Rasierklingen. Schon gestern hatte sich Frauke mehrfach geschnitten, sodass ihre Oberarme wie ein Schnittmuster aus der Burda aussahen. Die Arbeit ging wirklich an die Substanz. Denn tiefe Löcher in weichen Sand zu buddeln forderte neben Kraft auch noch Geduld. Ständig rieselten die feinen Körner zurück in die Kuhle, worüber Clara sich köstlich amüsierte. Gott sei Dank war ihre Begeisterung ansteckend, manchmal konnte Frauke vor lauter Lachen kaum noch den Spaten halten.

«Mama und Tochter im fröhlichen Kampf mit den Elementen!», rief Marlene, die allen genau auf die Finger schaute.

«Sie ist nicht meine Mutter», stellte Clara richtig. «Wir leben nur in einer … WG.»

Was für eine kuriose Situation!, dachte Frauke. Gestern war ein Wunder geschehen: Ihr Sohn hatte seit Monaten das erste Mal wieder ein vernünftiges Gespräch mit ihr geführt, inklusive Blickkontakt und freundlichen Tons. Kaum zu fassen!

Warum es ihm plötzlich so wichtig war, die nächsten Tage hier auf der Insel zu bleiben, darüber konnte Frauke nur spekulieren.

In puncto Schlafzimmer waren sie sich einig geworden: Henning und Clara nahmen weiterhin das breite Schlafsofa im Wohnzimmer, sie selbst das Bett, und Keno verschwand in der Butze unter dem Dach. Sowohl Miete wie auch der Einkauf wurden geteilt, was ja im Grunde sogar ganz praktisch war. Der abwechselnde Kochdienst hingegen würde wohl noch für Spannungen sorgen, da sich Fraukes Speiseplan in so ziemlich jedem Punkt von Hennings unterschied. Nur gut, dass sie heute am Herd den Anfang machte und alle überzeugen konnte, wie schmackhaft und abwechslungsreich die vegane Küche ist. Ansonsten sollte jeder seiner Wege gehen und den Urlaub genießen. Dass Clara sich vormittags lieber an ihre Fersen heftete, statt bei ihrem Langschläfer-Vater zu versauern, machte Frauke nichts aus. Im Gegenteil.

«Sag mal, bist du eigentlich geschieden?», fragte Clara, während sie mit ihren kleinen Händen geschickt die Büsche im Sand zurechtsetzte.

«Ich war nie verheiratet.»

«Und Kenos Papa?»

«Wir leben allein.» Wenn Frauke nächste Woche ihren Kollegen erzählte, dass sie mit einem wildfremden Mann eine Woche lang vier Wände geteilt hatte, wäre das die Sensationsmeldung im Büro. Insbesondere weil sie schon seit Jahren ganz bewusst darauf verzichtete, jemandem zu sehr auf die Pelle zu rücken. Kenos Vater war nur der Anfang einer ganzen Reihe von enttäu-

schenden Beziehungen gewesen. Auf sich selbst hatte sich Frauke immer am besten verlassen können.

Inzwischen saßen die Sträucher einen halben Meter im Sand. Gemeinsam schütteten Frauke und Clara die Kuhle zu und klopften den Boden fest. «Meine Eltern haben sich getrennt, als ich acht war», erzählte Clara. «Aber sie kommen gut miteinander klar. Ich bin oft bei Papa, weil der auch mal einen Tag freimachen kann, wenn es drauf ankommt.»

«Hat er denn eine neue Freundin?» Die Frage war Frauke rausgerutscht. Warum musste sie auch immer so neugierig sein? Konnte es ihr nicht egal sein, was bei Familie Trigg zu Hause los war? Zugegeben, seit sie erfahren hatte, dass Henning Schriftsteller war, hatte sich seine etwas schluderige Art in eine charismatische Aura verwandelt. Jetzt hielt Frauke ihn eher für einen chaotischen Lebenskünstler. Und solche Typen hatten doch immer eine entsprechende Muse um sich herum, oder?

«Nein, Papa schreibt nur so romantische Sachen mit Küssen und so. Aber in echt ist er total harmlos.» Schon hatte sich Clara wieder den Spaten geschnappt. Zwanzig Meter wollten sie heute schaffen, dann hätten sie den Anschluss zum Sandfangzaun erreicht, den zwei Studenten links von ihnen gebaut hatten. Gemeinsam hoben sie das nächste Loch aus. «Wie findest du ihn?»

«Wen?» Natürlich wusste Frauke, dass Clara wieder auf ihren Vater zu sprechen kommen wollte. Aber sie war sich selbst nicht sicher, wie sie einen Mann finden sollte, der wie gestern einen ganzen Urlaubstag lang gerade mal bis zum Zeitungsladen und zurück gelaufen war, am Nachmittag schon ein erstes Bierchen trank und ziemlich schläfrig den Bildschirm seines Laptops anstarrte, statt sich mit seiner Tochter zu unterhalten. Sie versuchte es positiv zu formulieren: «Er wirkt auf mich sehr entspannt.»

Clara seufzte. «Manchmal denke ich, ich bin ihm egal.»

«Wie kommst du denn darauf?»

«Wir wollten doch jeden Tag im Meer schwimmen gehen. Und morgen ist schon fast die Hälfte vom Urlaub rum, und er war noch nicht mal am Strand!»

«Okay, vielleicht ist er ein bisschen zu entspannt, aber ich glaube, dein Vater ist ziemlich stolz auf dich.» Wie sollte es auch anders sein? Auf ein Mädchen, das von morgens bis abends gut gelaunt und für sein Alter schon enorm praktisch veranlagt war, musste man einfach stolz sein!

Die nächsten fünf Meter ackerten sie, ohne ein Wort zu wechseln. Zum einen, weil die Arbeit von Strauch zu Strauch anstrengender wurde, zum anderen schien Clara mit sich selbst beschäftigt zu sein.

Kurz darauf brachte ein schwerer Traktor Nachschub. Die meisten Freiwilligen halfen mit, die Astbündel vom Anhänger zu laden, doch Frauke entschied sich für eine kurze Pause. Im Rucksack warteten ein paar belegte Brötchen und Rohkost. Sie hatte frühmorgens im Reformhaus die Sachen eingekauft, die in ihren Ernährungsplan passten. Heute Abend wollte sie einen Auflauf zaubern. Zum Glück hatte sie Couscous, frische Auberginen und den richtigen Sojafrischkäse bekommen.

Frauke und Clara setzten sich etwas abseits nebeneinander an den Dünenrand, breiteten ihre Sommerjacken zu einer Picknickdecke aus und lehnten sich Rücken an Rücken. Zum ersten Mal hatten sie Zeit, auf das Meer zu schauen. Weit hinten am Horizont zeichneten sich die Silhouetten der schweren Überseeschiffe ab, die auf dem Weg gen Westen waren. Aus dem Rucksack holte Frauke ihr kleines Fernglas und reichte es weiter. Clara zoomte sofort begeistert die Welt heran und freute sich über jeden Fischkutter, den sie auf offenem Meer erspähte. Die Brandung rauschte und leckte über die Muschelbänke. Frauke konnte die feinen Schalen hören, die vom Spülsaum hochgehoben und durcheinandergewirbelt wurden. Es war früher Kenos liebste Urlaubsbeschäftigung gewesen, möglichst viele verschiedene Dinge am Strand aufzulesen. Stundenlang hatte er an einer Stelle ausgeharrt, wo die Insel sanft ins Meer überging, und war irgendwann mit Seesternen, Fischernetzen und vertrockneten Quallen zurückgekommen. War sie damals stolz auf ihn gewesen? Frauke konnte sich an kein konkretes Gefühl erinnern.

Es machte sie traurig. Trotz Sonne, Sand und Sommerurlaub.

Auch wenn sie sich Mühe gab, ihren Sohn zu verstehen und so zu akzeptieren, wie er war, bröckelten im Alltag alle guten Vorsätze ab wie die Randdünen, die sie gerade zu retten versuchte. Jeder Streit war wie ein Sturm, der das eigentlich fest verwurzelte Verhältnis zwischen ihr und Keno unterspülte. Irgendwann würde alles wegbrechen. Vielleicht brauchte sie auch so etwas wie einen Sandfangzaun in ihrem Leben.

Clara bekam von ihren trüben Gedanken zum Glück nichts mit. Sie aß ihre Sandwichs und dachte wahrscheinlich, dass Frauke ihr Leben im Griff hatte. Hatte sie aber nicht. Bei weitem nicht. Eigentlich war sie meistens völlig hilflos.

Kenos vierter Tag

D u willst echt grillen?» Keno und Henning standen in dem kleinen Insel-Supermarkt. Heute war das Kochen Männersache, so stand es jedenfalls auf dem DIN-A4-Zettel, den seine Ma an den Kühlschrank geklebt hatte.

«Das Wetter ist gut, im Garten steht das nötige Equipment, und ehrlich gesagt bin ich beim Barbecue ein Meisterkoch, am Herd aber eher eine Niete.» Beinahe automatisch hatte Henning ihn zügig am Gemüsestand vorbei Richtung Fleischtresen manövriert. Dort warteten in roter Sauce eingelegte Koteletts und frische Bratwürstchen. Henning beugte sich ganz nah an die Glasscheibe. «So ein saftiges Steak wäre doch zu dem staubtrockenen Getreidebrei deiner Mutter mal eine nette Abwechslung, meinst du nicht?»

«Ich dachte, jeder sollte Rücksicht auf den anderen nehmen und so.»

«Hätte sie wirklich Rücksicht auf uns genommen, wäre gestern neben dem ganzen Gemüse auch wenigstens ein kleines Hackfleischbällchen auf unseren Tellern gelandet.»

«Sie wird ausrasten!»

Die Verkäuferin nickte ihnen auffordernd zu. «Was darf's sein, die Herren?»

Henning bestellte von allem, was fettig und würzig genug aussah, drei Stück. Die Tüte, die ihnen schließlich über den Tresen gereicht wurde, quoll fast über.

Keno hielt die Luft an.

«Entspann dich, mein Lieber. Ich werde auch noch so Tofuzeugs kaufen, um deine Mutter satt zu kriegen. Aber wir dürfen nicht zu knauserig sein, schließlich erwarten wir heute Abend hohen Besuch.» Henning zwinkerte ihm zu. «Du hast dein Versprechen eingelöst und deine Mutter zum Bleiben überredet. Nun bin ich an der Reihe.»

Diese Andeutung verschlug Keno noch mehr die Sprache als der Fleischberg in ihrem Einkaufswagen. Er taumelte. Und das mulmige Gefühl hielt auch noch lange an, nachdem sie die Kasse passiert und das Lebensmittelgeschäft verlassen hatten. Nur bruchstückhaft drangen auf dem Rückweg Hennings Sätze zu ihm durch: «Ich war nebenan im *Nixenparadies* und habe Lenas Familie spontan zu einer Grillparty eingeladen. Sie kommen um fünf Uhr. Der Rest ist dann deine Angelegenheit.»

Der Rest war dann seine Angelegenheit? Sehr witzig!

Sie kamen an einem Souvenirladen vorbei, wo jede Menge Plüschseehunde an einem Ständer baumelten. Zwischen den Stofftieren sah Keno sein Spiegelbild im Schaufenster. Wenn ihn nicht alles täuschte, gab es da sogar eine gewisse Ähnlichkeit zwischen ihm und den Robben: An Land wirkte er ähnlich unbeholfen und auch ein klein wenig speckig. Er hatte jetzt schon Sorge, was er den ganzen Abend mit seinen lästigen Armen anstellen sollte. Wahrscheinlich würde er noch nicht mal ein Rostbratwürstchen runterkriegen vor lauter Nervosität. Irgendwie hatte Keno sich das mit dem Date anders vorgestellt.

Aber es gab jetzt wohl keine Fluchtmöglichkeit mehr.

Als sie wieder im *Piratennest* ankamen, machte Henning sich direkt daran, Holzkohle in den Grill zu schmeißen. Die Frauen ihrer seltsamen Wohngemeinschaft waren noch nicht wieder zurück, ihr Öko-Projekt war heute auf den Nachmittag verlegt worden.

Vielleicht war Lena ja total kompliziert und wollte dauernd über Gefühle reden und so. Keno fing an, den Salat vorzubereiten. Das konnte er inzwischen ganz gut, bei ihnen zu Hause gab es ja fast nichts anderes mehr. Oder Lena war sauer auf ihn wegen neulich auf der Straße, da hatte er echt 'nen miesen Tag gehabt. Mist, Henning hatte nur Joghurtdressing gekauft, er kapierte es einfach nicht mit der veganen Ernährung. Aber es konnte ja auch sein, dass es gar nicht so furchtbar war, mit einem Mädchen wie Lena zu reden, obwohl sie ihm gefiel. Ach, er würde seiner Ma einfach eine Extraschale Salat ohne Dressing machen, das erschien ihm eine gute Idee.

Als die Türklingel schellte, schaute Keno auf die Uhr: Es war genau fünf. Lena!

Henning öffnete und begrüßte die Gäste, während Keno unbeweglich wie ein Stein in der Küche verharrte. Mist, sie würde ihn albern finden hier mit dem Salatbesteck in der Hand.

«Hallo, Keno!» Lena stand plötzlich neben ihm. «Super Idee mit dem Grillen, dann ist es nicht so öde alleine mit meinen Eltern.» Sie gab ihm das Gefühl, eigentlich ein guter Kumpel zu sein. Ein Kumpel, vor dem einem nichts peinlich sein musste. Als sie sich dann das zweite Messer schnappte und begann, die Radieschen in Scheiben zu schneiden, war er richtig erleichtert. Bei den kleinen roten Bällen hätte er sich sonst wahrscheinlich die Fingerkuppe abgesäbelt, so sehr zitterten seine Hände. Aber Lena war total ruhig. «Lecker, Salat!», sagte sie nur.

Lenas Eltern standen draußen bei Henning am Grill und hielten schon jeder eine Bierflasche in der Hand. Sie schienen bester Laune zu sein und prosteten in ihre Richtung. Henning hatte eine CD in den kleinen Recorder gelegt und die Lautstärke aufgedreht. Er war echt gut darin, für die richtige Stimmung zu sorgen.

«Erinnerst du dich eigentlich inzwischen an mich?», fragte Lena.

Keno musste den Kopf schütteln. «Tut mir leid, ich glaube, damals fand ich Mädchen einfach noch nicht so spannend. Sonst hätte ich es mir gemerkt.» Nicht schlecht, der Satz, fand Keno.

«Und heute ist das anders?»

«Absolut», sagte er und freute sich, dass seine Stimme zur Abwechslung mal auf sicherem Fundament funktionierte. Er wurde mutiger. «Und warum kannst du dich an mich erinnern?»

«Och ...»

Wie süß, dachte Keno, jetzt wurde sie rot. Und da wusste er, die Sache mit ihm und Lena konnte eigentlich nicht mehr in die Hose gehen.

Doch er hatte nicht mit seiner Ma gerechnet. «Was ist hier denn los, um Himmels willen!», rief sie, als sie das *Piratennest* durch die Haustür betrat. Tja, mit dieser Mutter an seiner Seite lief es auch unter den besten Voraussetzungen ziemlich daneben.

Es ging um die blöden Würstchen auf dem Grill. Und um die vielen Leute im Garten. Das alles passte seiner Ma natürlich nicht, und sie war mal wieder voll in ihrem Element als keifende Schreckschraube.

«Ich dachte, wir hätten das geklärt», fuhr sie Henning an, die Hände total affig in die Hüfte gestemmt. «Ich esse nichts vom Tier!»

«Auf der Verpackung stand: garantiert vegan.» Henning hielt mit der Grillzange ein rundes Tofustück hoch.

«Aber es liegt direkt neben diesen riesigen Steaks! Und du hebst es auch noch mit derselben Zange hoch!»

«Du meine Güte!» Henning hob völlig übertrieben die Schultern.

Keno, der zusammen mit Lena in den Garten getreten war, sah, wie sie und ihre Eltern irritiert von einem zum anderen schauten. Schöner Mist, was mussten sie jetzt über das ganze Theater hier denken?

«Trennen sich deine Eltern gerade?» Lena flüsterte ihm die Frage ins Ohr, sodass sich die Härchen auch dort aufstellten, wo der Nacken eigentlich schon längst zu Ende war. Sie schien zum Glück keineswegs schockiert über das Verhalten seiner Mutter zu sein.

«Das sind gar nicht meine Eltern, wir verbringen unseren Urlaub mehr aus Versehen gemeinsam.»

Etwas mitleidig grinste sie ihn an. «Aber sie zoffen sich bereits wie ein altes Ehepaar.»

Vielleicht. Keno hatte keine großen Erfahrungen mit alten Ehepaaren. Und wenn er das hier sah, war er auch nicht besonders scharf darauf.

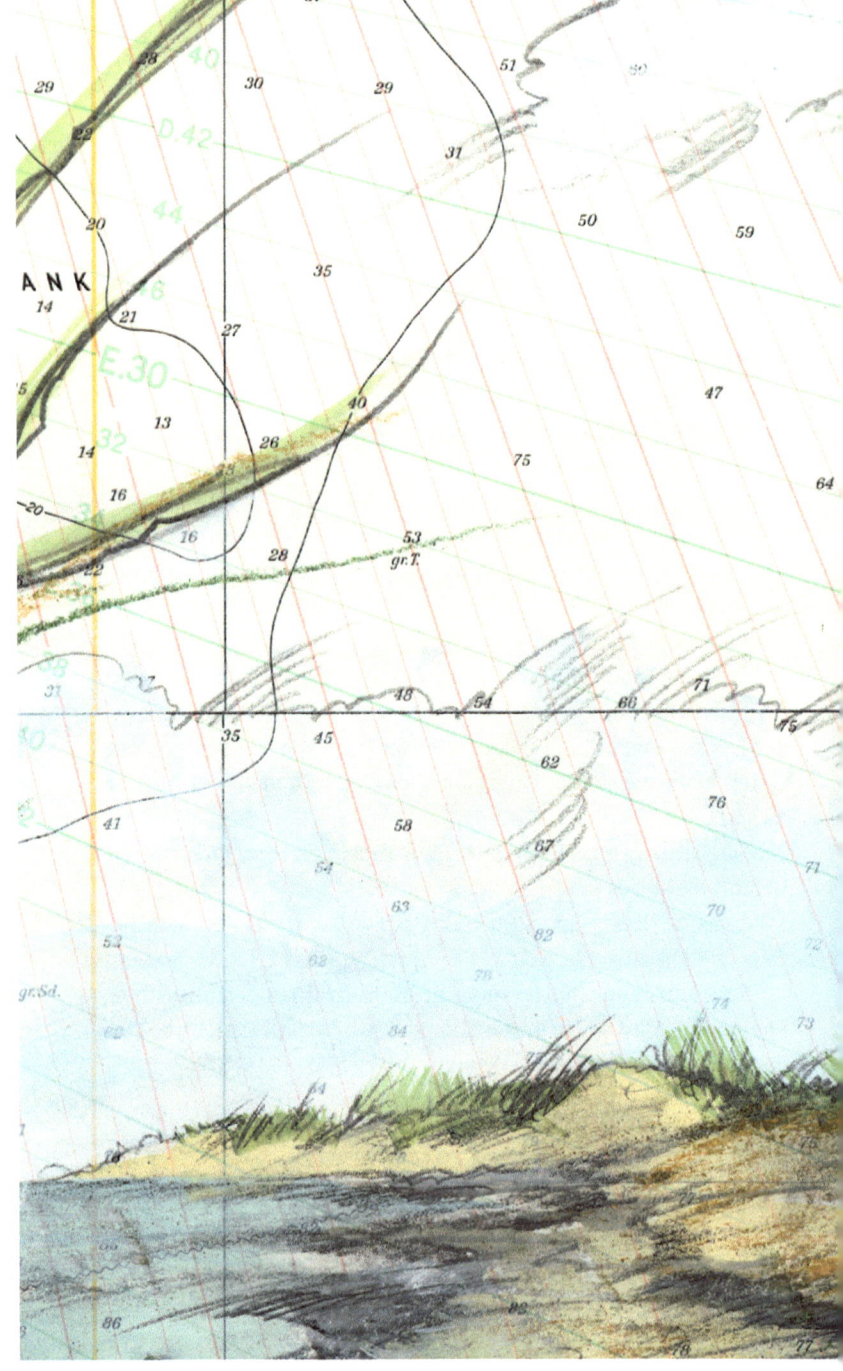

Claras fünfter Tag

Es war furchtbar. Alle gingen sich aus dem Weg. Papa schrieb schlechtgelaunt an seinem blöden Roman, Frauke joggte heute schon zum zweiten Mal, Keno verpennte den Tag in seiner Butze, und sie selbst saß allein im Garten und langweilte sich.

Papa war sauer auf Frauke, weil die sich gestern als «Drama-Queen» aufgespielt hatte. Frauke wiederum war sauer auf Papa, weil er «ein grober, fauler, unsensibler Egoist» sei – das hatte sie gestern jedenfalls geschrien, nachdem die Nachbarn sich aus dem Staub gemacht hatten. Papa fand diese Vorwürfe albern. «Die soll mir nicht erzählen, wie das Leben funktioniert und was gesund oder ungesund ist, das weiß ich selbst.» Diesen Satz wiederholte er ständig, und Clara vermutete, dass er das nur so oft sagte, weil er sich selbst nicht ganz sicher war, ob es überhaupt stimmte. Denn manchmal, das wusste Clara, brauchte Papa eben doch einen Tritt in den Hintern.

Und Keno war sauer auf beide. Weil sie sich so affig aufgeführt und damit diese Lena vergrault hatten. Womit er mal hundertprozentig recht hatte.

Doch was gestern zu viel gesagt wurde, war heute zu wenig. Clara hasste es, wenn gestritten wurde und dann alle beleidigt waren. Es erinnerte sie an die traurige Zeit, kurz bevor Mama und Papa sich endgültig trennten. Da redete sie selbst manchmal extra viel, damit diese Stille im Haus ein bisschen aufgefüllt wurde. Vielleicht war sie deswegen zu so einem Plappermaul geworden, wie Mama und Papa und die Lehrer sie manchmal nannten.

Blöderweise war heute auch noch Pause bei ihrem Naturschutzprojekt, erst morgen ging es weiter. Dieser Tag würde also endlos werden.

«Papa?»

«Stör mich nicht.»

«Papa, wollen wir heute endlich mal schwimmen gehen?»

«Clara, du weißt doch, ich muss diese Woche ...» Es reichte noch nicht einmal für den Rest des Satzes. Papa verschenkte wie immer die ganzen Wörter an seine Bücher. Für sie blieben keine übrig.

«Aber du hast es mir versprochen!» Das Geräusch, das Papa jetzt von sich gab, musste noch nicht mal eine richtige Antwort sein. Er war wirklich nicht ansprechbar. «Gut, dann gehe ich eben allein!»

Sie lief zum Wohnzimmerschrank, in dem sie ihre Klamotten untergebracht hatte, zog sich den grünen Frosch-Bikini an und band sich das dazu passende Strandlaken um die Hüfte. Die Schranktür ließ sie extra laut zufallen – keine Reaktion. Auch als sie mit ihren Flip-Flops besonders heftig auf den Fußboden klatschte, damit er hören konnte, dass sie es wirklich ernst meinte und allein loszog, auch da schaute er nicht von seinem Laptop auf. Dann eben nicht!, dachte Clara.

Natürlich war es strengstens verboten, allein an den Strand zu gehen. Und dort zu schwimmen war noch verbotener als verboten. Schon als sie noch klein war, hatten Mama und Papa ihr eingebläut, wie supergefährlich das sein konnte. Ebbe und Flut, Strömungen und Feuerquallen – die Nordsee schien ein riskanter Ort zu sein.

Aber weil sie jetzt so sauer auf ihren Papa war, setzte Clara noch eins drauf und machte einen Abstecher zum Strandkiosk. Sie würde sich ein sahniges Eis im Hörnchen gönnen, denn mit Eis im Magen war das Baden noch verbotener. Wegen irgendwas mit Krämpfen und Magenverkühlung, soweit Clara sich erinnerte. Egal!

Der Sand fühlte sich schön warm an, als sie eine Viertelstunde später mit ihren Füßen darin versank. Zwischen den ganzen Urlaubern hindurch nahm sie den direkten Weg zum Wasser. Sie schaute auch nicht nach, welche Fahne die Bademeister gehisst hatten. Grün war gut, Gelb war na ja, Rot ging gar nicht. Nein, danach schaute Clara nicht. Sie ließ ihr froschgrünes Strandlaken fallen und würde endlich in der Nordsee schwimmen. Und davon würde sie sich nicht abbringen lassen!

Durch den Wind, der ein bisschen stärker wehte als gestern, waren die Wellen schon so hoch, dass sie Clara bis zu den Schultern gingen. Das war früher immer das allerhöchste der Gefühle gewesen: «Clara, wenn du schwimmen gehst, nie weiter rein als bis zu den Schultern, hörst du?» Aber sie konnte die Brandung überblicken, und es war klar, wenn sie erst mal durch die Schaumkronen hindurch war, wurde das Meer dahinter wieder ruhiger. Sie hatte keine Lust, sich dauernd von den Wellen umwerfen zu lassen. Nein, sie wollte schwimmen. Endlich!

Hennings fünfter Tag

Ihr Blick traf ihn unvorbereitet. Durch den ganzen Trubel der feiernden Menge hindurch. Wie der präzise Pfeil eines Eingeborenen durch die Lianen seinen Weg zum Opfer findet. Ihre Augen waren dschungelgrün ...

Moment mal! Henning scrollte durch den Text zu der Stelle, an der die schüchterne Kinderkrankenschwester zum ersten Mal beschrieben wird, in die sich der charakterlose Medienstar verliebt, und siehe da: *Ihre Augen waren blau wie die Karibik.* Mist, wie kam er jetzt auf einmal auf grüne Augen? Er änderte die Stelle und tippte weiter. Einen Vorteil hatte die ganze Zankerei hier im *Piratennest*: Wenn er wütend war, schrieb er die mit Abstand besten Liebesszenen. Seine bislang höchsten Auflagen hatte er mit den Romanen erzielt, die während seiner Scheidung entstanden waren.

Ihre Augen strahlten karibikblau. Er ging auf sie zu, sein Mund war trocken wie die Wüste ...

Verdammt, jetzt hatte er innerhalb eines Absatzes schon Dschungel, Karibik und Wüste, das würde ihm die Lektorin höchstwahrscheinlich ganz dick anstreichen. Vielleicht war es Zeit für eine Pause, dachte er, als er im Dorf die Sechsuhrglocken der kleinen Inselkirche läuten hörte. Saß er wirklich schon sechs Stunden hier und hatte gerade mal acht Seiten geschafft? Viel zu wenig. Aber es machte keinen Sinn weiterzuschreiben, sonst würden sich womöglich noch Arktis, Mond oder Höhlen in seinen Text schleichen.

Henning stand vom unbequemen Gartenstuhl auf und streckte sich. «Clara? Von mir aus können wir jetzt schwimmen gehen.» Er erwartete einen Jubelschrei, doch es blieb still. «Clara? Ich wäre jetzt so weit!» Nichts.

Drinnen schaute er sich um. Aus der Wohnzimmerschranktür lugte der Zipfel eines T-Shirts hervor. Clara musste sich eilig umgezogen haben. Er rief noch einmal, dann realisierte er, dass seine Tochter wirklich nicht da war. Bestimmt hatte sie sich wieder mit Frauke zusammengetan, um die komplette Insel umzugraben. Anfangs war er froh darüber gewesen, dass Clara eine Gleichgesinnte gefunden hatte und ihn in Ruhe schreiben ließ. Jetzt versetzte es ihm einen kleinen Stich.

Keno tauchte mit zerknautschtem Haar und faltigem T-Shirt auf seiner Dachbodenleiter auf. «Ich glaub, die ist weg», sagte er schläfrig.

«Wohin?»

«Keine Ahnung.»

«Ist sie mit deiner Mutter los?»

«Nee, die ist grad unter der –»

Da öffnete sich die Tür zum Bad, und Frauke trat angezogen in den Flur. Lediglich ihr Kopf war noch mit einem Handtuchturban geschmückt.

«Weißt du, wo Clara steckt?», fragte Henning.

«Die habe ich seit heute Morgen nicht gesehen.»

Henning schluckte und musste an seinen albernen Hals-so-trocken-wie-Wüste-Vergleich denken, denn genau so fühlte es sich gerade an. Er drehte sich wieder zu Keno. «Hat sie gesagt, wo sie hingeht?»

«Mann, ich hab ein bisschen gepennt, okay? Aber ich glaube, sie wollte schwimmen gehen.»

«Schwimmen?», fragten Henning und Frauke gleichzeitig.

«Und wann war das?» Henning wurde unruhig.

«Ich schätze mal, so vor drei Stunden.»

«Sie ist vor drei Stunden allein zum Schwimmen losgedackelt? Und noch immer nicht zurück?» Inzwischen musste Henning sein Bild von der Wüste revidieren. Er dachte an den heißesten Punkt der Erde im Death Valley in Nevada, wo es in einem tiefen Tal schon mal 60 Grad heiß wurde und der Boden einfach nur staubtrocken war. Menschen verdursteten dort im Handumdrehen, und genau danach fühlte sich gerade seine Zunge an. «Warum hast du nichts gesagt?» Keno zuckte mit den Schultern. «Hey, die Kleine hat laut genug gebrüllt, dass sie losgeht. Was kann ich denn dafür, wenn du das nicht mitkriegst.» Unsicher sah er seine Mutter an. Frauke nickte und schien ausnahmsweise mal einer Meinung mit ihrem Sohnemann. Die beiden hatten ja recht, dachte Henning. Er erinnerte sich dunkel, dass seine Tochter ihn ein- oder zweimal gefragt hatte, ob sie an den Strand gehen könnten. Und er Idiot hatte sie immer wieder vertröstet. Da war sie auf eigene Faust los, klar, Clara war kein Mädchen, das sich bis ans Ende aller Tage vertrösten ließ.

«Verdammt, was sollen wir denn jetzt machen?», fragte Henning und ärgerte sich über seine offensichtliche Hilflosigkeit.

«Suchen!» Frauke hatte bereits ihr Handy in der einen und ein kleines Fernglas in der anderen Hand. «Und wir sollten keine Zeit vergeuden.»

Das erste Mal in diesem verkorksten Urlaub war Henning froh, nicht allein im *Piratennest* zu sein. Und auch wenn ihm Fraukes omnipotente Art bislang auf den Zeiger gegangen war, jetzt war er dankbar, dass sie wusste, was zu tun war.

Auch Keno lief ohne Murren mit ihnen aus dem Haus.

«An welchem Strandabschnitt sie wohl ist?», fragte Henning.

«Unser Sandzaunprojekt liegt vermutlich zu weit entfernt», erklärte Frauke, «dahin wird sie kaum gelaufen sein.» Und ein paar Schritte später fügte sie hinzu: «Hoffentlich, denn da im Westen sind keine Rettungsschwimmer stationiert.»

Henning wurde schlecht. Er legte noch einen Zahn zu. Doch

während Frauke und Keno das Tempo locker schafften, begann er schon zu schwitzen. Sein Atem machte Probleme. Er war ein verdammt untrainierter Sack! Ein dicker Herumsitzer! Ein Typ, wie er nie einer hatte werden wollen ...

«Vielleicht ist Clara am Hauptbadestrand. Da waren wir früher auch immer.» Endlich funktionierte das Denken wieder. Als er den Kiosk entdeckte, an dem sie sich damals häufig ein Eis gegönnt hatten, lief er hin und drängelte sich eilig vor. «Entschuldigen Sie, ich suche meine Tochter Clara, zehn Jahre, blonde Zöpfe ...»

Die Frau sah ihn an, als wollte er die präzise Anzahl der Sandkörner am Inselstrand erfahren. Und wahrscheinlich hatte sie recht: Hier gab es überall Kinder. Also kramte Henning sein Handy hervor und suchte schnell ein Foto seiner Tochter. «Das ist sie!»

Die Frau betrachtete das Display, und auch die anderen Leute rings um den kleinen Verkaufsstand warfen einen Blick darauf. Doch niemand schien Clara gesehen zu haben.

«Wie sieht ihr Badeanzug aus?», fragte Frauke.

Es war Henning peinlich, aber er musste nachdenken. Schließlich hatte er es in diesen Tagen noch nicht geschafft, mit Clara schwimmen zu gehen. Aber letztens waren sie zu Hause im Schwimmbad und ... «Ich glaube, er ist grün. Mit einem Frosch auf dem Oberteil.»

Jetzt nickte die Eisverkäuferin. «Die hab ich gesehen. Ist aber schon 'ne Weile her. Die Kleine hat sich ein Sahneeis geholt, große Portion.»

Obwohl diese Auskunft noch kein triftiger Grund zum Aufatmen war, wurde Henning etwas leichter ums Herz. Immerhin war seine Kleine nicht an irgendeinen gottverlassenen Strand gewandert.

Zu dritt liefen sie los. Denn dieser Abschnitt war breit und aufgrund der Menschenmassen so unübersichtlich wie ein Ameisenhaufen. Überall tummelten sich die Urlauber, Alte und Junge, Dicke und Dünne, Laute und Leise, Menschen mit und ohne Sonnenbrand. Es roch nach Sonnenöl. Kinder lachten.

Aber wo war Clara?

Eilig näherten sie sich dem würfelförmigen Container der Rettungsschwimmer. Zwei sportliche Typen saßen auf einer Art Hochsitz und blickten zum Meer. Einer von beiden nahm gerade seine Blechtrompete und blies hinein. Ein heiserer Ton schallte über den Strand. Der andere winkte mit einer roten Fahne. «Diese Idioten!», raunte er seinem Kollegen zu. «Als würden wir uns die Badezeiten zum Spaß ausdenken.» Dann stand er auf und griff zum Megaphon: «Achtung, bitte verlassen Sie umgehend die tieferen Gewässer. Wir haben Ebbe, und es besteht Lebensgefahr. Achtung!»

«Haben Sie zufällig meine Tochter Clara gesehen?», rief Henning ihnen zu. «Sie ist vermutlich so gegen 15 Uhr zum Baden hergekommen.»

Der Blonde stieg über eine Leiter herunter. «Um drei hatten wir bereits ablaufendes Wasser, da hätten wir jeden aus dem Meer trompetet.»

Henning zeigte ihm das Handybild. «Vielleicht ist sie Ihnen ja aufgefallen?»

«Tut mir leid, wir schieben erst seit einer Stunde Dienst. Aber wir können gern eine Durchsage machen.»

Er ließ sich von Henning Namen und Beschreibung geben und verschwand in seinem Kabuff. Wenig später schallte es blechern, aber deutlich vernehmbar aus den Lautsprechern, die alle fünfzig Meter an den Fahnenmasten aufgehängt waren. «Die neunjährige Clara Trigg, eins fünfundvierzig groß, blonde Haare, grüner Bikini mit Frosch, soll sich bitte bei ihren Eltern an der Rettungsstation melden.» Die Meldung wurde noch ein paarmal wiederholt. Die Urlauber in den nahe gelegenen Strandkörben blickten neugierig und ein bisschen mitleidig zu ihnen herüber. Vielleicht auch vorwurfsvoll: Welcher Idiot ließ seine neunjährige Tochter bei Ebbe allein an den Strand gehen?

Die Zeit schien unendlich langsam zu vergehen. Einmal kam ein kleines Mädchen vorbei, und Henning dachte von weitem, es könnte Clara sein, die aus irgendwelchen Gründen nun einen pinkfarbenen Badeanzug trug. Aber dann bemerkte er, dass sie ein bisschen jünger und auch pummeliger war als seine Tochter. Ein älteres Ehepaar trat plötzlich an ihn heran und fragte, ob denn etwas Schlimmes passiert sei mit dem Kind, doch das war es dann auch schon. Eine Viertelstunde war vergangen, ohne dass Clara auftauchte oder wenigstens jemand, der sie gesehen hatte.

Hennings Ungeduld wurde unerträglich. «Wir können hier nicht weiter rumstehen und Däumchen drehen, das bringt doch nichts! Ich hätte besser aufpassen müssen!»

«Jetzt mach dir keine Vorwürfe», sagte Frauke. «Das bringt uns kein Stück weiter. Wir sollten uns aufteilen. Schick uns mal das Bild auf unsere Handys, dann nehmen wir uns jeder eine andere Stelle vor und fragen die Leute.» Keno zeigte ihm zum Glück ungefragt, wie man mit einem Mobiltelefon Fotos versandte. Ohne die beiden wäre er jetzt echt aufgeschmissen. Und ohne Clara sowieso. Was war er nur für ein mieser Vater, dass er den ganzen Tag an seinem beschissenen Liebesroman schreiben musste! Den hätte er auch heute Abend ...

Keno knuffte ihm in die Seite. «Also, du nimmst den mittleren Bereich vom Rettungsschuppen bis zum kleinen Spielplatz, okay? Ma sucht weiter rechts, und ich nehme den linken Teil.»

Sie ließen den Rettungsschwimmern ihre Handynummern da und machten sich getrennt auf die Suche. Henning war kein Typ für Stoßgebete, aber als er jetzt losmarschierte, richtete er doch einen dringenden Wunsch ans Universum: Bitte lass mich mein Kind finden! Bitte lass Clara nichts passiert sein. Bitte!

Fast wäre er über das Strandlaken gestolpert, das mitten auf dem Trampelpfad lag. Es war grün und größtenteils vom Sand verschüttet. Aber Henning erkannte das Froschmuster. Es gehörte Clara! Aber seine Euphorie hielt nicht lange an. Denn wenn sie tatsächlich schwimmen gegangen war, dann hätte sie ohne ihr Handtuch gefroren. Das tat seine Tochter immer nach dem Baden. Henning erinnerte sich an ihre schmalen, bläulichen Lippen und an das Schlottern, wenn er sie von oben nach unten trocken- und warmrubbelte. Sie hätte doch ihr Laken gebraucht, um sich darin einzuwickeln! Es sei denn, sie war abgetrieben worden und an einer anderen Stelle wieder an den Strand gekommen. Aber Clara war nicht auf den Mund gefallen, sie hätte bestimmt jemanden gefragt und um Hilfe gebeten, ganz sicher. Nur was, wenn sie es gar nicht mehr an Land zurückgeschafft hatte?

Henning verfluchte seine Phantasie, die ihm als Schriftsteller von Nutzen war, ihm im wahren Leben aber manchmal ungefragt die schlimmsten Szenarien präsentierte. Clara, ganz weit draußen, von den Rettungsschwimmern übersehen, von der Strömung ergriffen, vor Angst wie gelähmt ...

Henning rannte zur Wasserkante, die Muscheln unter seinen Schuhsohlen knirschten.

Angestrengt sah er aufs Wasser. Er dachte an früher, als Claras Mutter noch mit von der Partie gewesen war. Als der Urlaub noch seinen Namen verdient und er den Laptop zu Hause gelassen hatte. Da waren sie jeden Tag gemeinsam zum Strand gegangen, bei so ziemlich jedem Wetter, und hatten Burgen gebaut. Tröpfelburgen nannte Clara die Kunstwerke immer, die entstanden, wenn man triefend nassen Sand in die Faust nahm und langsam heraustropfen ließ. So bildeten sich bizarre Türmchen und Mauern, und mit einem besonderen Trick hatte Clara auf diese Weise sogar Brücken und Bäume geschaffen. Stundenlang. Clara hatte stets die Welt um sich herum vergessen. Und er auch.

Da! Henning blieb stehen. Zuerst dachte er, dass ihm lediglich die Erinnerung ein falsches Bild zur Verfügung stellte, als er das Mädchen am Wasser sitzen sah. Zöpfe und Froschbikini, den Rücken ganz krumm über eine Sandburg gebeugt. Eine Tröpfelburg mit allem Drum und Dran. Doch dann erkannte er Clara. Ja, kein Zweifel, sie saß da wie früher und ließ flüssigen Sand aus ihren Händen rinnen. Wahrscheinlich schon seit Stunden.

«Clara!»

Erst bei seinem dritten Ruf drehte sie sich um, und da stand er auch schon fast neben ihr. Henning war vollkommen außer Puste, wie ein Marathonläufer, er musste wirklich mal wieder an seiner Kondition arbeiten.

«Papa? Was machst du denn hier?», fragte Clara. «Ich glaube, zum Schwimmen ist es jetzt ein bisschen spät!»

Fraukes sechster Tag

Kaum zu glauben: Sie saßen alle zusammen auf der Terrasse und frühstückten. Kenos Augen waren zwar noch vom Schlaf verklebt, und Henning hatte direkt eine zweite Kanne Kaffee aufgesetzt, aber sie waren alle halbwegs wach und begannen ihren letzten gemeinsamen Ferientag im *Piratennest*.

Der Streit von vorgestern war vergeben und vergessen – die Suche nach Clara hatte die Prioritäten wieder etwas zurechtgerückt. Doch noch immer konnte man nicht von wahrer Harmonie sprechen. Das wäre ja auch zu viel verlangt, dachte Frauke. Schließlich hatte nur ein dummer Zufall sie auf Zeit zusammengeführt, da konnte man keine Familienidylle erwarten.

Trotzdem gab es da etwas, was Frauke noch schwer im Magen lag.

«Es ... es tut mir leid, dass ich beim Grillen so überreagiert habe», begann sie. «Aber ich habe mich einfach überrumpelt gefühlt. Diese fremden Leute in der Wohnung ... Grillpartys sind einfach nicht mein Ding.» Sie schaute in die Runde. Keiner sah aus, als sei er noch ernsthaft daran interessiert, ihr den Kopf abzureißen. «Und unsere Nachbarn waren eigentlich ja auch ganz nett, fand ich. Halten die mich jetzt für eine hysterische Zicke?»

Keno lächelte etwas gequält. «Könnte sein.»

«Wie seid ihr eigentlich auf die Idee gekommen, sie einzuladen?»

Henning und Keno warfen sich einen kurzen Blick zu.

Wurde ihr Sohn etwa rot? Mit einem Mal kapierte Frauke, was los war. «Etwa wegen dieses jungen Mädchens? Wie war noch mal ihr Name?»

«Lena.» Keno war das Thema sichtlich unangenehm.

Meine Güte, dachte Frauke, wie ein Trampeltier war sie durch Kenos erstes Rendezvous gelatscht! «Ach so, von ihr wusste ich ja gar nichts», nuschelte sie verlegen.

«Wie denn auch? Du bist ja den ganzen Tag unterwegs, machst immer Stress, obwohl wir eigentlich Urlaub haben.»

Selbst wenn Frauke die Kritik ihres Sohnes nicht gefiel, so war es schon bemerkenswert, dass er überhaupt mal den Mund aufmachte, um mit ihr zu diskutieren. «Tja, und mir gefällt es nicht, wie du deine Zeit totschlägst, wenn draußen die Sonne scheint und ...»

«Mama!»

«Ich meine ja nur, heute ist der letzte Tag bei meinem Naturschutzprojekt. Du könntest dich doch zur Abwechslung aufraffen und mitkommen.»

Keno überlegte. «Okay, aber nur, wenn du dann mal ein bisschen chillst!»

Henning musste lachen. «Der Vorschlag ist doch gar nicht so schlecht, Frauke. Du und Clara, ihr legt euch hier heute auf die faule Haut, während Keno und ich diese Sandzäune bauen. Einen Tag spielen wir verkehrte Welt!»

Clara war vor Begeisterung ganz aus dem Häuschen. «Das will ich sehen, Papa mit dem Spaten in der Hand!» Sie johlte bei der Vorstellung.

«Aber wenn schon, dann richtig.» Frauke wollte jetzt Nägel mit Köpfen machen. «Dann musst du auch joggen gehen und Keno Tröpfelburgen bauen.»

Alle lachten, und ihre Ideen wurden immer ausgefeilter. «Frauke schreibt Papas Roman zu Ende», schlug Clara vor, «und trinkt dabei mindestens ein Bier.»

«Ja, wenn du dafür nur noch Sätze mit maximal drei Wörtern von dir gibst.» Henning grinste zufrieden.

Der letzte Urlaubstag sollte also alles auf den Kopf stellen.

Frauke war sicher, dabei einen guten Tausch gemacht zu haben. Denn was konnte einfacher sein als das süße Nichtstun?

Gemeinsam räumten sie den Frühstückstisch ab, dann beschrieb Frauke den Männern den Weg zum Naturprojekt-Strand. Keine zehn Minuten später liefen die beiden los, nicht ohne den Frauen viel Vergnügen beim Herumlungern zu wünschen.

Dann war es still. Furchtbar still. Da sie sich brav an das beschränkte Redeverbot hielt, fischte sich Clara ein Buch aus ihrem Koffer und zog sich damit in den Strandkorb im Garten zurück.

Frauke legte sich in die Hängematte, die in einem sonnigen Eck zwischen zwei Zaunpfeilern gespannt war. Herrlich, dachte sie zunächst. Diese Ruhe! Und dann das leichte Schaukeln von links nach rechts, wunderbar! Sie wollte die Zeit vergessen. Genau das tat man doch beim Faulenzen, oder? Doch als sie nach einer gefühlten Ewigkeit auf die Uhr schielte, war sie erschüttert: Erst zehn Minuten waren vergangen! Dabei war sie sicher gewesen, bereits den halben Tag vertrödelt zu haben. Jetzt wusste sie, woher der Name Langeweile kam.

Sie schloss die Augen. Sofort kamen ihr Bilder in den Kopf, die sie eigentlich nicht sehen wollte: der völlig bedröppelte Keno, nachdem sie Lena samt ihrer Familie mehr oder weniger aus dem Haus geworfen hatte ... der verzweifelte und irgendwie planlose Henning auf der Suche nach seiner Tochter ... Dann wanderten ihre Gedanken weiter weg von der Insel: die Papierstapel, die zu Hause auf sie warteten, das stressige Bauprojekt in der Firma, die Kontostände, das Zeugnis ihres Sohnes ...

Frauke riss die Augen auf. Nein, das war wirklich alles andere als erholsam.

Das war grausam! Was sollte sie bloß tun?

Schwungvoll wollte sie sich aus der Hängematte erheben – und landete unsanft auf dem Hintern. Verdammt! Dieser ganze Erholungsfirlefanz war einfach nichts für sie, da saß sie doch lieber auf einem harten Stuhl mit vier Beinen. Sie rappelte sich hoch und schlich an Clara vorbei ins Haus. Der Rucksack hing neben der Tür, sie könnte doch noch kurz in den Ort und ein bisschen einkaufen ...

«Wohin gehst du?», fragte Clara, die plötzlich im Rahmen der Terrassentür lehnte.

«Ach, mir fällt hier die Decke auf den Kopf, wenn ich nichts unternehme. Ich mach mal eben ein paar Erledigungen.»

«Das ist verboten!» Natürlich hielt sich das artige Mädchen strikt an die Drei-Wörter-Satz-Regelung.

«Aber was soll ich denn sonst machen? Die Hängematte ist lebensgefährlich, ich habe mir eben bestimmt einen blauen Fleck geholt.»

Clara deutete auf Hennings Laptop. «Papas Roman schreiben.»

«Quatsch!», sagte Frauke. «Das kann ich doch gar nicht. Und das war bestimmt auch nur als Scherz gedacht. Er will sicher nicht, dass ich an seinem Manuskript rumbastle.»

Obwohl ich schon Lust hätte, zumindest mal reinzulesen, dachte Frauke.

Clara klappte den Laptop auf und tippte ein paar Buchstaben ein. «Papa hat mir erlaubt, seine Sachen zu lesen.» Erschrocken schlug sie sich mit der Hand auf den Mund, weil sie diesen viel zu langen Satz geplappert hatte. «Ups!»

Schließlich siegte Fraukes Neugier. Sie setzte sich auf den Platz, den Henning normalerweise in Beschlag nahm, und begann zu lesen: *Ihre Augen strahlten karibikblau. Er ging auf sie zu, sein Mund war trocken wie die Wüste ...* Mann, das war ja Kitsch in Reinkultur! Kaum vorstellbar, dass der muffelige Henning solche Rote-Rosen-Romantik verzapfen konnte.

«Bist du sicher?», fragte Frauke und legte zögerlich ihre Hände auf die Tastatur.

Clara nickte.

«Sollen wir sicherheitshalber eine Kopie machen? Dann könnte ich das auf meinem eigenen Notebook lesen, wäre mir lieber.»

Clara nickte. Wahrscheinlich wollte sie mit ein paar Null-Wort-Sätzen ihren Fauxpas verrechnen. Frauke schickte die Kopie via Bluetooth in ihren Dokumentenordner und fuhr das Schreibprogramm hoch. Wie eine Computerhackerin fühlte sie sich und dachte lieber nicht weiter darüber nach, was Henning davon halten mochte.

«Rollentausch ist Rollentausch», fasste Clara es konzentriert zusammen.

Das Buch hatte den Arbeitstitel *Masern, Mumps und Männerherzen*. Knapp hundert Seiten umfasste das Dokument. Sie musste sich also ranhalten, wenn sie den Text bis heute Abend durchackern wollte. Aber alles war besser, als in der Hängematte mit der Zeit und der Schwerkraft zu kämpfen. Nachdem sie einmal tief durchgeatmet hatte, traute sich Frauke an den ersten Absatz: *Er hätte jede Frau haben können. Jede Frau auf der Welt. Aber leider gab es keine einzige, die er wirklich wollte.*

Frauke grinste. Autobiographisch schien das ja nicht zu sein. Sie wollte gerade loslegen, als ihr noch etwas Wichtiges einfiel: Ein kühles Bierchen aus dem Glas – das war doch vegan, oder?

Claras sechster Tag

Clara legte das Buch zur Seite. Jetzt reichte es mit dem Lesen in unbequemer Haltung. Sie hatte schon einen ganz krummen Rücken, weil sie so zusammengerollt im Strandkorb lag. Sie stand auf, streckte sich und gähnte.

Es fiel ihr echt schwer mit dem wenigen Plappern. Aber sie

wollte die Sache mit dem Rollentausch wirklich ernst nehmen und nicht nur schweigsam sein, sondern auch alle Dinge machen, die ein Junge wie Keno so machte. Also neben schlafen und Musik hören und Chipstüten leeren auch noch verknallt sein. Wenn sie ein Junge wäre, würde sie auch für Lena schwärmen. Die war cool. Vielleicht konnte sie Keno helfen, ihr Herz zu erobern. Aber wie sollte sie das anstellen, wenn sie nichts sagen durfte?

Clara überlegte.

Schreiben! Schreiben war nicht Reden, da konnte sie also auch lange Sätze benutzen. Und war sie nicht die Tochter eines Schriftstellers? Da war es doch ein Klacks, einen richtig schön romantischen Liebesbrief zu schreiben, wie ein Mädchen ihn sich erträumte!

In ihrem kleinen Köfferchen fand sie ihren Schreibblock. Die Seiten waren leicht rosa eingefärbt, aber sie wollte das Briefpapier noch mit den glitzernden Sternchen und Herzchen verschönern, die als Aufkleber einem Pferdeheft beigelegt gewesen waren. Währenddessen grübelte sie über die richtigen Sätze nach. Schon schwer, das mit der Liebe. Darin kannte sie sich eigentlich gar nicht aus, weil sie nur mal kurz in Jannes aus der Parallelklasse verschossen gewesen war. Doch dann hatte sie von einem Tag auf den anderen nichts mehr für ihn empfunden. Da war nur noch eine fast verschwundene Erinnerung an die Schmetterlinge im Bauch, von denen die Großen immer sprachen.

Mit ihrem Sonntagsfüller aus dem pinkfarbenen Etui testete Clara auf einer Probeseite, welche Schrift sie nehmen sollte. Sie hatte sich nämlich ungefähr zehn verschiedene Handschriften für jede Gelegenheit angeeignet. Jetzt, so entschied sie, passte die runde Schönschrift mit den kreisförmigen i-Pünktchen ganz gut.

Liebste Lena ...

Der Tintenkiller musste ran, das war irgendwie kein guter Anfang, also noch mal:

Hallo, liebe Lena!

Ich finde dich süß. Du bist außerdem auch noch ganz nett. Und wahrscheinlich auch schlau. Deswegen liebe ich dich sehr und möchte gern ...

Was sagten die Großen noch mal? Miteinander gehen? Clara war sich nicht sicher. Sie musste es irgendwie anders versuchen. Ging es Keno ums Küssen? Oder ums Spazierengehen mit so ineinander verhakten Fingern? Oder wollte Keno einfach nicht mehr allein sein?

Schwere Entscheidung. Clara erinnerte sich an die Romane ihres Vaters. Da verliebten sich die Leute ständig ineinander. Nach einigem Grübeln entschied Clara sich für: *... und möchte gern der Mann an deiner Seite sein.*

Treffen wir uns doch heute Abend um 19 Uhr am Strandkiosk.

Dein Keno

PS: Hdgdl!

Das war eine gute Idee mit dem Treffen, fand Clara. Dann hätten die beiden an ihrem letzten Tag noch Gelegenheit zu romantischen Spaziergängen oder dem riesigen *Kiss Kiss*-Eisbecher für zwei Personen oder was verliebte Paare sonst so machten.

Beim Schreiben war ihr eine weitere geniale Idee gekommen: Sie würde denselben Brief mit denselben Herzchenaufklebern noch einmal schreiben, dieses Mal aber die Namen vertauschen. Ach ja, und natürlich würde sie schreiben: *... ich möchte gern die Frau an deiner Seite sein.*

Kurz darauf faltete sie beide Blätter zusammen, schrieb die Namen *Lena* und *Keno* auf die unbeschriebene Rückseite, malte einen Haufen Herzen drum herum und spielte anschließend ein bisschen Postbote.

Clara war stolz auf sich. Sie hatte eine Liebesgeschichte angeschoben, ohne auch nur einen Pieps zu sagen. Das sollte ihr erst mal einer nachmachen!

Kenos sechster Tag

Diese Marlene mit ihren Kommandos nervte.

«Die Büsche müssen tiefer eingegraben werden, sonst wehen sie beim ersten Sturm davon ... Denkt dran, den Sand ganz festzutreten! ... Wir wollen heute noch fertig werden ...»

Dabei war das echt harte Arbeit! Wie konnte man so etwas freiwillig machen? Seine Mutter hatte wirklich einen Schuss (aber das wusste er ja nicht erst seit heute).

Keno wischte sich den Schweiß von der Stirn. Wenigstens ging es Henning ähnlich, er keuchte wie eine alte Lokomotive.

«Lass uns einfach abhauen», schlug Keno vor.

«Kommt nicht in Frage», erwiderte Henning zu seiner Enttäuschung. «Die Plackerei hat doch auch was Gutes.»

«Ach ja?» Klar, dieses Gestrüpp sollte die Insel schützen und so. Laberrhabarber! Denn ob es hier im Winter Sturmfluten gab oder nicht, war Keno im Grunde egal – er lebte ja normalerweise weit genug im Landesinneren.

«Also, mich lenkt das ab», erklärte Henning, «und ich muss nicht ständig daran denken, dass da noch zweieinhalb Kapitel auf ihren Autor warten.»

Okay, zugegeben, ein bisschen Zerstreuung war auch für Keno nicht schlecht. Er hatte Lena gestern den ganzen Tag über nicht gesehen. Die Grillparty war ihm einfach zu peinlich gewesen, nie im Leben hätte er bei ihr klingeln und sie auf ein Eis oder so einladen können. Je länger Keno darüber nachgrübelte, desto unwahrscheinlicher schien es ihm, dass er dazu überhaupt jemals bei einem Mädchen in der Lage sein würde. Schon knetete er den Gedanken durch wie einen Pizzateig.

«Vielleicht ist das ja bei meiner Ma das Gleiche», überlegte er. «Vielleicht wirbelt die nur ständig so rum, weil sie sich ablenken muss.»

«Wovon sollte sie sich ablenken müssen? Sie ist doch ganz erfolgreich in ihrem Job, soweit ich das mitgekriegt habe.»

Keno bemerkte, dass Hennings Bewegungen plötzlich auf Zeitlupentempo reduziert waren. Unendlich langsam wickelte er das feste Band um die Sträucher.

«Von ... ihrem Unglück eben.» War es unfair, wenn er hier einfach erzählte, dass seine Mutter gar nicht so tough war, wie sie immer tat? Dass sie manchmal, wenn er vorgab zu schlafen, nebenan ins Kissen heulte? Das war vielleicht zu krass. Aber er konnte die Lage ja mal andeuten: «Also, an ihren letzten Freund kann ich mich jedenfalls kaum noch erinnern, so lang ist das her.»

«Ach, das meinst du.»

«Könnte doch sein, dass meine Mutter es eigentlich doof findet, mit mir alleine in den Urlaub zu fahren.» Jetzt, als Keno es aussprach, klang diese Theorie absolut logisch. «Und weil sie sich nicht mit sich selbst beschäftigen will, muss sie sich zu allem möglichen Scheiß verpflichten und haufenweise Büsche in den Sand stecken und so. Und mit mir ist es genauso: Sie scheucht mich immer rum und rastet aus, wenn ich nur mal abhänge. Aber wahrscheinlich hat sie Schiss vor mir, also, ich meine vor einem echten Kontakt zu mir. Weil sie immer denkt, ich vermisse was.» Spatenstich um Spatenstich kam er voran, nicht nur im Sand, auch im Kopf schien er etwas freizuschaufeln.

«Was solltest du denn vermissen?»

«Meinen Vater.» Stimmt. Das war es.

Manchmal stellte er sich seinen Vater in Gedanken vor. So ähnlich wie Henning, also gern auch Musiker. Irgendwann würden sie mal ein Bierchen miteinander trinken oder gemeinsam auf Konzerte gehen oder so. Tatsache war aber, dass Keno nur eine Handvoll Fotos von seinem Vater besaß, und die zeigten einen Mann, der ihm genauso wenig vertraut war wie der Bankberater, bei dem er letzten Monat sein Führerscheinkonto eröffnet hatte. Ob er ihn vermisste? Keno wusste es nicht.

«Sprich mal mit ihr», schlug Henning vor.

«Und wenn sie dann wieder rumschreit?» Oder schlimmer noch, dachte er: Wenn sie anfängt zu heulen?

«Na ja, ich bin Schriftsteller und kein Psychologe. Aber wenn das hier eine Szene in meinem Roman wäre, dann würde der Junge seine Mutter noch am selben Tag von seinem Taschengeld zum Essen einladen und ihr sagen, wie er sich wirklich fühlt.»

«Und wie würde die Mutter in deinem Roman reagieren?»

«Sie wäre erst völlig fertig, aber zum Happy End hin dann schrecklich erleichtert, dass sie sich ausgesprochen haben. Ihre Angst würde sich danach legen, und sie würde nicht mehr so verbissen dafür sorgen, keine Zeit zum Nachdenken zu haben.»

Marlene rief schon wieder in ihre Richtung und machte irgendwelche Gesten, aber sie ignorierten das Gezappel.

«Das echte Leben ist aber kein Roman», gab Keno zu bedenken.

«Zum Glück nicht. In den Büchern läuft immer alles nach Schema F. Die Realität ist viel unberechenbarer. Und spannender.»

«Magst du Spannung?»

Henning lachte. «Nein, eigentlich überhaupt nicht.»

Marlene kam angerauscht. Was hatten sie denn jetzt schon wieder falsch gemacht? Eigentlich sah der Sandfangzaun doch ganz gerade aus, er war tief eingebuddelt, festgetreten und mit Bändern fixiert. Was die wohl wieder hatte?

«Hey, ihr beiden, nach eurem etwas zaghaften Anfang legt ihr euch ja jetzt mächtig ins Zeug.» Sie blieb stehen und betrachtete das Werk. «Super! Ihr seid nur ein bisschen über das Ziel hinausgeschossen. Eigentlich hätte der Zaun bis hierhin auch gereicht.» Sie zeigte mindestens einen Meter weniger. Dann klopfte sie Keno und Henning auf die Schultern und lud sie zum Teetrinken ins Nationalparkhaus ein. Doch Keno und Henning lehnten einstimmig ab, sie hatten Besseres zu tun.

Kurzerhand stellten sie die Spaten zurück, winkten den anderen Teilnehmern und machten sich auf den Weg. Am Meer entlang. Beide barfuß, das passte irgendwie gut zur Stimmung. Das Wasser war gar nicht so kalt, und jetzt erinnerte Keno sich auch, dass er früher oft hier gewesen war und wie gut sich das angefühlt hatte.

Er ließ sich auf die Knie in den feuchten Sand fallen. Sofort saugte sich seine Jeans voll, wurde schwer und klebte an der Haut.

«Was ist los?», fragte Henning.

«Ich muss noch meine – wie nennt ihr das? Meine Tröpfelburg bauen!»

Hennings sechster Tag

Jetzt war er an der Reihe. Nachdem Clara sich stur an ihre Drei-Wort-Regel gehalten hatte, Keno ein Meister der Sandburgen geworden war und Frauke – man glaubte es kaum – nachmittags ein Bier getrunken hatte, gab es für Henning keine Ausreden mehr.

Aber schon das Zubinden der Sportschuhe strengte ihn an,

und sein Rücken präsentierte ihm bereits die Quittung für den Einsatz am Dünenrand. Nie war seine Kondition schlechter gewesen als heute.

Es war ihm peinlich.

Keno schlich die Holzleiter herunter. Er war feuerrot im Gesicht.

«Was ist los?», fragte Henning. Hatte der Junge sich bei ihrem Dünentag den Sonnenbrand seines Lebens zugezogen?

Wortlos überreichte ihm Keno ein rosarotes Briefchen. Glitzersternchen und Liebesschwüre vom Feinsten und ein Date um 19 Uhr am Strandkiosk.

«Und was bedeutet dieses kryptische *Hdgdl*?», fragte Henning.

Bei der Frage schien Keno fast ohnmächtig zu werden, er nuschelte kaum wahrnehmbar: «Hab dich ganz doll lieb ...»

«Glückwunsch, mein Junge!»

«Aber ich wollte doch meine Ma zum Essen einladen.»

«Das kann warten. Die Frau deines Herzens muss dir immer die wichtigste sein. Denk nur an Psycho und die ganzen Filme mit geisteskranken Muttersöhnchen ...»

Keno sah ihn mit hochgezogenen Augenbrauen an. «Ich hab sie aber schon gefragt. Wir wollten zum Restaurant *Hafenblick*.»

«Sie wird das verkraften.»

Kenos Gesicht glühte weiter, aber er schien dankbar zu sein. «Henning?», begann er zögerlich. «Ein bisschen komisch ist der Brief aber schon. Klingt gar nicht nach Lena. Die ist doch eher so ganz lässig.»

«Ach, weißt du, wenn Frauen verliebt sind, werden sie immer etwas rosarot.» Henning musste zugeben, er beneidete Keno darum, jetzt so aufgeregt zu sein und tausend Gedanken daran zu verschwenden, was die Zukunft wohl für ihn brachte: Küsse, Händchenhalten, Fortsetzung folgt – und das Beste: Diese Zukunft begann in weniger als einer Stunde!

Bis dahin war er selbst vielleicht schon vor lauter falschem sportlichem Ehrgeiz zusammengebrochen.

Er dehnte sich, als Keno wieder nach oben verschwand. Er versuchte, breitbeinig und mit ausgestreckten Armen, nicht allzu lächerlich auszusehen. Vielleicht brachte das ja was. Und solang er sich lediglich streckte, brauchte er nicht zu rennen.

Fast neidvoll sah er Frauke draußen im Garten am Laptop sitzen, ihre Finger flogen über die Tastatur, als sei das alles nur ein leichtes Spiel. Zugegeben, dass sie seine noch völlig unlektorierten Texte las, war ihm zuerst nicht ganz recht gewesen. Immer, wenn jemand einen ersten Blick auf seine schriftstellerischen Ergüsse warf, fühlte er sich, als tanze er am verkaufsoffenen Sonntag splitterfasernackt durch eine Fußgängerzone. Doch Fraukes erster Kommentar war wohltuend freundlich ausgefallen, und sie hatte fast schüchtern gefragt, ob sie das eine oder andere dazu anmerken dürfe. Und da hatte er gedacht: Egal, was soll schon groß passieren? Schließlich wohne ich mit dieser Frau in einer Wohnung, sie kennt meine Macken und ich die ihren. Wir sind beide nicht perfekt und wissen das auch. Also, warum nicht? Vielleicht kam Frauke ja sogar die zündende Idee, die ihm bislang fehlte.

Plötzlich schaute sie in seine Richtung, nahm ihn nach ein paar Augenblicken wahr, als sei sie eben erst wieder auf der Erdoberfläche gelandet. Dann lächelte sie. «Du tust es wirklich?»

Henning schlenderte zur Terrasse und war sich bewusst, dass sein Bauch sich unter dem T-Shirt abzeichnete und seine Beine in den Shorts weder athletisch noch knackig braun aussahen. Er räusperte sich. «Ich wollte eine Runde am Deich entlang drehen.»

Frauke nickte und konnte nur schwer verbergen, wie amüsant sie seine Erscheinung offensichtlich fand. «Ich hoffe, es ist okay, wenn ich noch ein bisschen an deinem Manuskript …»

«Kein Problem.» Er umkreiste den Terrassentisch. Aha, sie war schon auf Seite achtzig.

Sie senkte den Blick und schien sich umgehend wieder in den Text vertieft zu haben. «Viel Spaß», rief sie ihm noch hinterher, als er bereits zum Gartentor trabte.

Er hasste Jogger, machte sich gern lustig über sie. In seinen Romanen waren die schleimigen Typen und die skrupellosen Charakterschweine grundsätzlich Langstreckenläufer.

Bis zum Deich probierte Henning es erst einmal mit etwas schnelleren Schritten auf dem Kiesweg. Die Treppenstufen, die auf den grünen Wall führten, nahm er langsam, dafür aber zwei auf einmal. Endlich war er oben, keuchend sah er sich um. Links das nackte Wattenmeer bei Ebbe, rechts die roten Inselhäuschen im Dünental. *Und eins und zwei und eins und zwei.* Man sollte den Atem doch irgendwie an das Lauftempo anpassen, oder? Also wurde er langsamer. *Und eins und zwei und eins ...* Er konnte die Windkrafträder vom Festland herüberwinken sehen. *Und eins und zwei und eins ...* In einiger Entfernung stand im Schlick eine Gruppe Wattwanderer im Kreis, wahrscheinlich bewunderten sie gerade eine dieser Muscheln mit dem langen Etwas, die die Wattführer aus dem gluckernden Boden zogen und zur Erheiterung aller dazu brachten, einen Wasserstrahl abzusondern. Damals war er mit Clara auch ... Mist, immer wieder diese Erinnerungen an damals. *Und eins und zwei und eins ...* Er hatte in diesem Urlaub eindeutig zu wenig unternommen mit seiner Tochter. *Und eins und ...* Von der kleinen Fischbude neben dem Pferdegestüt ging ein Duft nach geräuchertem Aal aus. Plötzlich verspürte Henning einen großen Heißhunger. Er war sicher schon vollkommen unterzuckert, dehydriert. Kein Wunder, der Schweiß wusch ihm die letzte Kraft aus dem Körper. *Und eins ...* Er blieb stehen, zog das T-Shirt hoch und wischte damit den Schweiß vom Gesicht. Dann stützte er sich mit gestreckten

Armen auf den Knien ab und kämpfte gegen das allzu hastige Atmen. Das reichte! Es war mehr als genug! Er schaute auf die Uhr und war fassungslos: nur zehn Minuten!? Mist, er konnte unmöglich schon umkehren. Die würden ihn auslachen.

Wieder stieg ihm der würzige, rauchige Duft in die Nase. An den Stehtischen standen ein paar Männer mit großen, in der Sonne goldglänzenden Gläsern. Ja, dachte Henning, eine Bierlänge war genau die Zeitspanne, die es auszufüllen galt, bis er sich wieder im *Piratennest* blicken lassen konnte. Ach, und ein Aalbrötchen wäre genau das Richtige, um ihn bis dahin über Wasser zu halten.

Kenos letzter Abend

«Ma, du ... ich muss dir was sagen.»

Seine Mutter stand im Bad vor dem Spiegel, schminkte sich, bürstete die Haare, trug Rock und hochhackige Schuhe, so als wolle sie mit einem Mann ausgehen und nicht mit ihrem Sohn. «Bin gleich so weit, Keno. Ich hab auch schon einen Riesenhunger, obwohl ich den ganzen Tag nichts gemacht habe.» Sie sah gut aus, seine Mutter. Warum war sie bloß so schwer zu vermitteln? Eigentlich müssten ihr die Männer doch haufenweise hinterherlaufen. Keno konnte nichts dafür, sie tat ihm leid. Nicht nur, weil sie Single war, sondern weil er sie nun auch noch versetzen musste.

«Ma, sorry, aber ...»

«Kein Problem, wenn du dir das mit der Einladung anders überlegt hast. Ich weiß ja, wie mau es auf deinem Konto aussieht. Ich kann gern die Rechnung übernehmen.» Sie lächelte ihn an. «Ich freu mich so, dass wir beide mal zusammen essen gehen!»

Mein Gott, warum musste sie es ihm so verdammt schwermachen? «Ma, ich muss unseren Abend absagen. Mir ist was dazwischengekommen.» Sofort spürte Keno mal wieder seine Rübe explodieren.

Erst guckte sie ein bisschen sauer, dann holte sie Luft auf die Art und Weise, wie sie es immer tat, wenn sie enttäuscht von ihm war (oder sauer oder ungeduldig oder genervt). Doch dann grinste sie auf einmal. «Ach, ich verstehe», sagte sie nur. Echt, mehr nicht. Keine Stichelei, auch keine alberne Andeutung, gar nichts.

«Bist du sauer?», fragte er unsicher.

«Quatsch, überhaupt nicht. Wir können auch zu Hause mal essen gehen. Was meinst du?»

Keno gab sich einen Ruck, ging zu ihr und gab ihr einen Kuss auf die Wange. Sie roch nach ihrem Lieblingsparfum. Er mochte es. Dann sah er zu, dass er von hier verschwand.

«Viel Spaß!», rief sie ihm hinterher.

Spaß?, dachte er. Die denkt echt, das macht Spaß? Mit schwitznassen Händen und einem komischen Magengrummeln (wie wenn er früher zu viel Lakritz gegessen hatte) sollte er ein tolles Mädchen treffen. Das machte in etwa so viel Spaß, wie in einen eiskalten Pool zu springen und zu wissen, man muss noch bis ans andere Beckenende schwimmen, und alle gucken zu.

Egal, im Brief hatte Lena schließlich eindeutig zu verstehen gegeben, dass sie ihn gut fand. Die Sache war also wasserdicht.

Um fünf vor sieben lief er die Strandstraße entlang. War es uncool, zu früh zu kommen? Sollte er noch einen kleinen Umweg über den Störtebekerweg nehmen und dann vom Kurplatz her kommen? Das würde so aussehen, als habe er vorher noch etwas anderes vorgehabt und sei jetzt mal eben ganz locker am

Kiosk vorbeigekommen, weil der ja sowieso auf dem Heimweg liegt. Aber dann sah er Lena dort stehen, sie trat von einem Bein aufs andere, blickte verstohlen in das kleine Kioskfenster und kontrollierte ihr Aussehen. Schnell kramte sie noch einen Lippenglanzstift heraus und schminkte sich.

Und auf einmal konnte Keno nicht schnell genug neben ihr stehen.

Claras letzter Abend

Sie wollte gerade aus dem Haus schleichen, da hielt Frauke sie auf. «Wollen wir zwei Faulenzerinnen des Tages zusammen essen gehen? Im *Hafenblick* gibt es auch Pommes, soweit ich weiß.»

Clara fand, Frauke sah richtig schick aus, und normalerweise hätte sie für Pommes alles stehen- und liegengelassen, doch jetzt gerade hatte sie wirklich etwas Besseres vor.

«Hab keinen Hunger», log sie und warf sich ihre Jacke über.

«Wo willst du denn hin?»

«Frische Luft schnappen.» Ja, diese drei Wörter mussten reichen. Inzwischen gefiel es Clara immer besser, sich kurz zu fassen. Seitdem nahmen die Erwachsenen sie richtig ernst. Sie öffnete die Tür und winkte.

«Und was soll ich deinem Vater sagen, wenn er wiederkommt, und du bist nicht da?»

Clara zuckte mit den Schultern. Mist, sie musste jetzt wirklich los. Sie wollte aus sicherer Entfernung beobachten, was da am Strandkiosk so abging. Doch das konnte sie Frauke ja kaum auf die Nase binden. «Bin im Kino.» Das war nur eine halbe Lüge, oder nicht? Zwei Verknallten zuzugucken war doch so ähnlich wie eine Hollywoodromanze, nur ohne Eintritt.

«Aber geh nicht an den Strand!», ermahnte sie Frauke.

«Werd ich nicht!» Sie trat aus dem Haus und sah, wie Keno bereits in die Strandstraße bog. Sie war so gespannt! Lena war bestimmt schon da. Clara hatte nämlich vorhin beobachtet, wie Lena ziemlich aufgestylt aus dem Nachbarhaus geschlichen war – mindestens eine Viertelstunde zu früh!

Ihr Plan schien zu funktionieren.

Sie rannte los. Vorbei an den Familien, die gerade vom Strand zurückkamen, noch in Badeklamotten und mit Sand an den Schienbeinen. Mit ihren Luftmatratzen und Schwimmtieren versperrten sie Clara den Weg. Dann prallte sie plötzlich gegen einen weichen Bauch, blickte auf ein verschwitztes T-Shirt und erkannte erst im letzten Moment, dass es ihr Vater war. Er hatte einen irgendwie seltsamen Blick. «Wie siehst du denn aus?», fragte sie und vergaß über den Schreck glatt ihre kurzen Sätze.

«Ich war joggen!», antwortete er stolz. «Eine Stunde war ich weg.»

Na, super!, dachte Clara, aber jetzt mach Platz, ich muss weiter.

«Sag mal, sollen wir zusammen mit den Füßen ins Wasser?» Er legte beide Hände auf ihre Schultern und grinste. «Sonst schaffen wir es in diesem Urlaub ja überhaupt nicht mehr an den Strand, wir zwei.» Irgendwas war komisch mit ihm. Dass er Sport machte und jetzt auf einmal nachholen wollte, was er die Woche über nicht gebacken gekriegt hatte ... Das war nicht der Papa, den sie kannte, über den sie sich so häufig ärgern musste und über den sie sich so oft lustig machte.

«Ich möchte dich hiermit feierlich einladen, mit mir an den Strand und anschließend in die Eisdiele zu gehen», erklärte er. «Was meinst du?»

Clara stellte sich auf Zehenspitzen und gab ihm einen Schmatzer auf die Wange. «Tut mir leid, ich habe was anderes vor. Keine Angst, ich gehe nicht alleine zum Schwimmen an den Strand.»

«Ja, aber ...» Er schaute sie seltsam an. Das soll mal einer verstehen, dachte Clara. Die ganze Woche über war er genervt von ihr, und jetzt tat er beleidigt, weil sie ein einziges Mal nichts von ihm wissen wollte. Aber mal ehrlich, das war sein Problem!

«Frag doch Frauke, die wollte am Hafen essen gehen, vielleicht nimmt sie dich ja mit.» Noch einen Kuss auf die Wange, das musste jetzt wirklich reichen!

Schon schlängelte sie sich an ihm vorbei und lief weiter. Hoffentlich kam sie nicht zu spät. Nein, zum Glück, da standen Keno und Lena noch am Kiosk mit dem besten Eis der Insel.

Ein paar Meter weiter saß ein alter Mann mit Bart auf einem Klapphocker und spielte Akkordeon. Mit seinem Instrument war er breit genug, dass Clara sich dahinter verstecken konnte. Leider war er aber auch zu laut, um das Gespräch zwischen Keno und Lena zu belauschen. Aber immerhin sah Clara, dass die beiden sich angrinsten, super!

Plötzlich holten sie ihre Briefchen raus. Au Backe, damit

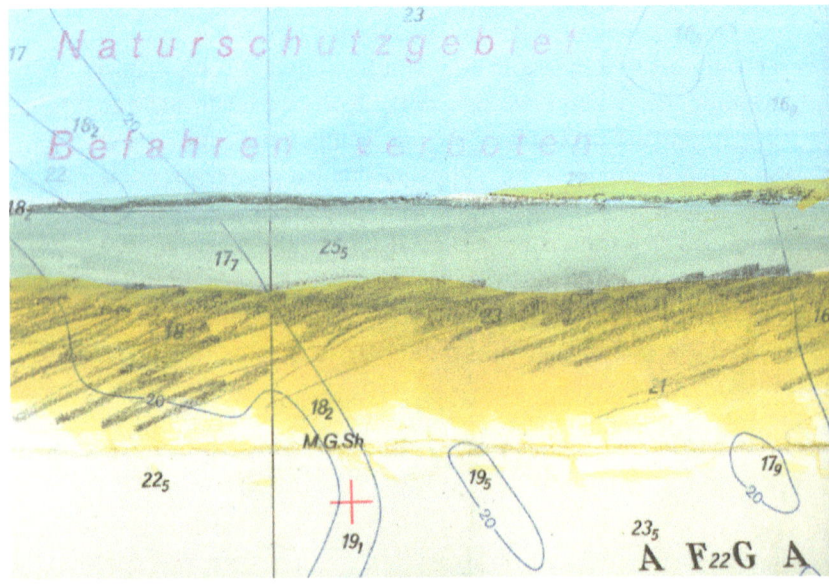

hatte sie nicht gerechnet. Natürlich kam jetzt alles raus, dieselbe Schrift, dasselbe Papier, ähnliche Sticker. Sie duckte sich. Ihr Herz klopfte im Rhythmus zur Musik des alten Mannes, der jetzt auch noch mit lauter Seemannsstimme ein Lied über die Liebe der Matrosen schmetterte.

Natürlich würden sie daraufkommen, dass nur Clara dahinterstecken konnte.

Die beiden sahen sich um und hielten Ausschau – nach ihr, das war ja klar. Am liebsten hätte sich Clara schnell ein Loch in den sandigen Boden gegraben und wäre darin verschwunden. Denn ausgerechnet jetzt war das Lied zu Ende. Der Musiker erhob sich, um sich vor dem Publikum zu verbeugen und mit einer Matrosenmütze Geld einzusammeln. Tja, und mit ihm verschwand auch ihr tolles Versteck.

Wie ein kleines Mädchen kniff Clara die Augen zusammen, als könne sie sich dadurch unsichtbar machen. Sie zählte bis zehn, bis zwanzig, bis dreißig und wartete darauf, gleich von Keno eine ziemlich eindeutige Ansage erteilt zu bekommen. Wahrscheinlich hielt er sie für eine besserwisserische Nervensäge, das dachten doch alle, dann musste da wohl was Wahres dran sein.

Als sie bei vierzig angekommen war, tippte ihr jemand auf die Schulter. Vor ihr stand ein fremder Junge, ungefähr so alt wie sie, und hielt ihr ein Sahneeis entgegen. «Hier, für dich!»

Das allererste Mal in ihrem Leben war Clara total sprachlos.

«Von den beiden dahinten.» Er zeigte zum Strand, wo Keno und Lena langsam Richtung Wasser gingen. Täuschte sie sich, oder hielten die beiden wirklich Händchen? «Ich soll dir auch noch was ausrichten: Danke, das war keine schlechte Aktion.»

«Aha», brachte Clara nur hervor.

«Ich hab auch ein Eis bekommen!», erzählte der Junge stolz. «Schokolade. Als Belohnung, wenn ich die Botschaft überbringe. Essen wir zusammen?»

Er sah nett aus. So ähnlich wie Jannes aus der Parallelklasse. Immer noch ziemlich sprachlos, nickte Clara bloß. Das hier war besser, als Kino jemals sein könnte.

Hennings letzter Abend

Er sah es ihr deutlich an: Frauke glaubte keine Sekunde, dass er wirklich die ganze Zeit gejoggt war. Doch sie sagte nichts.

Nachdem er geduscht und sich seit langem mal wieder mit Muße rasiert hatte, fühlte Henning sich Manns genug, ihr in die Augen zu schauen. In diese grünen Augen. Nordseegrün? War das nicht viel schöner als Karibikblau?

«Da uns die Kinder anscheinend beide versetzt haben, könnten wir ja zusammen essen gehen», schlug er vor und freute sich, als Frauke ganz unkompliziert einfach nur nickte.

Zum ersten Mal in seinem Leben ärgerte Henning sich, nur

Jeans und T-Shirts in den Urlaub mitgenommen zu haben. Der Inhalt seiner Reisetasche hätte auch einem Teenager gehören können, dabei hätte er heute Abend gern wie ein erwachsener Mann ausgesehen. Denn natürlich war ihm nicht entgangen, dass Frauke ein Kostüm und Pumps trug.

Zum Glück entschieden sie sich für das rustikalere Restaurant *Hafenblick*, wo die meisten Gäste vielleicht etwas gediegener gekleidet sein würden als er, aber eben auch nicht unbedingt so schick wie seine Begleiterin.

«Es ist nicht schlecht, dein Manuskript», sagte Frauke, als sie schon auf halber Strecke zum Hafen waren. «Ehrlich! Erst dachte ich, es ist ein alberne Geschichte, seichter Stoff. Aber je mehr ich gelesen habe, desto besser gefielen mir deine Figuren. Dieser Obermacho und die naive Kinderkrankenschwester ...»

So, wie sie das jetzt sagte, klang es noch immer albern und seicht. Er wagte einen Blick zur Seite: Frauke sah zum Glück nicht aus, als würde sie Witze machen.

«Du scheinst einen genauen Blick auf die Menschen zu haben», fuhr sie fort. «Entlarvst ihre inneren Konflikte, ohne ihnen die Liebenswürdigkeit zu nehmen. Das gefällt mir.»

«Ich weiß nur noch nicht, wie die Geschichte enden soll. Oder hast du sie fertig geschrieben?»

«Das hättest du wohl gern!» Frauke lachte. «Nein, ich habe nur ein paar Vorschläge gemacht, wie es weitergehen könnte. Ich kann mir nicht vorstellen, Schriftstellerin zu werden. Hut ab vor deiner Arbeit!»

Henning lächelte. «Dabei hat mir mal jemand gesagt, Architektur und Literatur seien ein bisschen miteinander verwandt. Beide bauen ein Gerüst, das stabil sein muss, um Leben darin zu ermöglichen.»

«Schönes Bild», sagte Frauke.

Sie kamen am Kurplatz vorbei. In der Musikmuschel saß ein

kleines Orchester und spielte Walzer. Der Park war voll von fröhlichen Menschen, die einen lauen Sommerabend genossen. Was für ein wunderbarer letzter Abend, dachte Henning.

«Danke für das Lob», sagte er. «Und jetzt kommt bestimmt noch ein Aber.»

«Ach, lass uns doch erst mal was essen gehen, ich habe solch einen Hunger.» Was sollte das bedeuten? Waren die Kritikpunkte so vernichtend, dass sie ihm den letzten Abend nicht gleich vermasseln wollte? Seltsamerweise fürchtete sich Henning vor Fraukes Meinung mehr als vor den ersten Rückmeldungen seiner strengen Lektorin.

Sie erreichten das kleine Hafenrestaurant, und er hielt zum ersten Mal in seinem Leben einer Frau die Tür auf. Henning fühlte sich wie einer seiner eigenen Romanhelden. Die Gaststube war gut besucht, doch draußen auf der Terrasse erhob sich just in diesem Moment ein älteres Pärchen. Als habe der Platz auf sie gewartet, bot der Tisch den besten Blick über den Hafen.

Henning bestellte Bier – Frauke zu seiner Überraschung auch. Bei der Essenswahl offenbarte sich dann wieder ihre Unterschiedlichkeit: mediterraner Gemüseteller versus Hafenmeisters Fischragout. Aber war das nicht eigentlich egal? Sie lachten viel, die Sonne gönnte ihnen noch ein paar Strahlen, bevor sie sich langsam hinter dem Westende der Insel duckte. Die letzten Segelboote liefen im Hafen ein und suchten sich den Ankerplatz für die Nacht.

Auch wenn er die bisherigen Themen nicht uninteressant gefunden hatte – ihren Job, die Kinder, die Sandfangzäune, die Insel und das Leben daheim –, irgendwann lenkte Henning das Gespräch wieder auf sein Manuskript. Ihm war klar, Geschichten erzählten auch viel über den, der sie verfasste. Und auch Fraukes Urteil würde mehr verraten als nur das, was sie von der ersten Version seines neuen Liebesromans hielt.

«Also? Wie lautet dein Aber?», fragte er.

Frauke drehte das Bierglas in der Hand. Es war schon das zweite, und sie schien sich in der irritierenden Phase zu befinden, wenn sich einem der Alkohol ganz allmählich auf Zunge und Hirn legt. «Es ist wegen deiner Figuren. Ich …»

«Du findest sie eindimensional, stimmt's?»

«Nein, Quatsch, es ist eher …»

«Gut, der Held hat vielleicht ein etwas angestaubtes Frauenbild, und seine Angebetete könnte auch ein bisschen emanzipierter sein, aber –»

«Das ist es nicht, Henning.» Sie knibbelte am Etikett herum. War die sonst so kontrollierte und toughe Frauke etwa um eine Antwort verlegen? Hatte Keno nicht schon vermutet, dass sich hinter dem ganzen Perfektionismus eine Menge Kummer verbarg? Sie holte tief Luft. «Wir haben jetzt fast eine Woche miteinander verbracht. Es lief weiß Gott nicht alles glatt. Und jeder von uns hat mehr vom anderen zu sehen bekommen, als ihm vielleicht recht war.»

Er schaute sie an. Kam jetzt die Abrechnung? Bitte nicht! Er wusste, er war manchmal ein lausiger Vater, ein unsportlicher Klotz und unsensibel dazu. Aber musste sie ihm das ausgerechnet jetzt und hier auf den Tisch knallen? Er wäre am liebsten aufgestanden und gegangen.

«Als ich heute dein Buch gelesen habe», begann sie, «mit diesen kleinen versteckten Weisheiten, die sich in deinen Figurenbeschreibungen finden lassen, bekam ich ein bisschen Angst.»

«Wovor?»

«Wie ich wohl rüberkäme, wenn ich eine Rolle in deinem Roman spielen würde.»

Henning sagte kein Wort. Diese Traurigkeit in ihrem Blick haute ihn um.

«Wäre ich eine Furie, die ihren Mitmenschen das Leben zur

Hölle macht? Oder würdest du aus mir eine Langweilerin machen, die trotz vollem Terminplan nichts wirklich wichtiges von sich gibt?» Hastig nahm sie den letzten Schluck Bier, und Henning hatte plötzlich Angst, sie könnte anfangen zu weinen. Denn er hätte überhaupt nicht gewusst, wie er dann damit umgehen sollte. Zum Trösten waren sie sich einfach noch zu fremd. Andererseits standen sie sich nach einer so intensiven Woche wie der letzten aber auch viel zu nah, um Tränen einfach wegzulachen. Gott sei Dank schnäuzte Frauke ihr Unglück jetzt in ein Papiertaschentuch, das er ihr reichte. «Entschuldige», sagte sie, «ich bin gleich wieder fit. Ich habe geahnt, dass mir heute Abend noch so was passiert.»

«Es ist doch gar nichts passiert», sagte er und entschied sich, dass seine Hand auf ihrem Unterarm die richtige Art von Berührung war. Er ließ sie erst los, als der Kellner kam und kassieren wollte. Jeder würde für sich zahlen, damit klar war, dies hier war kein Rendezvous. Sie hatten sich zufällig kennengelernt. Aus Versehen quasi. Und auch wenn sie sich allmählich mochten, mehr war es nicht.

Heute Abend mussten sie im *Piratennest* noch die Koffer packen.

Morgen Vormittag ging das Schiff.

«Ach komm», sagte Frauke plötzlich. «Ich spendiere uns noch 'ne Runde.»

Fraukes Abschied

Immer schon kamen Frauke die Koffer am Ende eines Urlaubs kleiner vor als zu Beginn. Es lag nicht nur an den Strandlaken, die durch Meeresluft und Sand etwas aufgequollen wirkten, auch nicht an ihrem müden Kopf, der nach dem langen und schönen Abend noch immer zu schlafen schien. Nein, es lag vor allem daran, dass es ihr schwerfiel, die Schränke leer zu räumen, die Flächen im Badezimmer, den Kühlschrank. Was hätte sie dafür gegeben, noch eine Woche dranzuhängen! Doch das war unmöglich, die nächsten Gäste würden schon am Abend das *Piratennest* entern.

Keno war heute Morgen als Erster wach gewesen, hatte Brötchen geholt und den Tisch gedeckt. Seine Taschen standen schon fix und fertig gepackt im Flur. Und das alles nur, weil er vor der Abfahrt unbedingt noch mal am Strand spazieren gehen wollte. Es musste gestern gut gelaufen sein mit Lena.

Clara dagegen hatte anscheinend das Lesen für sich entdeckt. In aller Seelenruhe saß sie im Strandkorb und war in ein kreischbuntes Jugendmagazin versunken. Titelthema: *Bist du bereit für die erste Liebe?* Henning hatte seine Tochter schon x-mal zum Packen aufgefordert, ohne Erfolg. «Mach du das heute mal, Papa», lautete ihre Antwort.

Frauke setzte sich auf ihren Koffer und zog die Schnalle zu. Nebenan im Wohnzimmer hörte sie Henning fluchen. Ihm ging es offensichtlich nicht anders als ihr, auch er packte nur ungern seine Sachen, und auch bei ihm kapitulierten die Reißverschlüsse. Sie hatten gestern noch lange gesprochen und waren die letzten Gäste im *Hafenblick* gewesen. Der Heimweg wurde dann sogar um ein Stück Strandpromenade und einen Abstecher durchs Inselwäldchen erweitert.

Wie schade, dass sie das nicht öfter gemacht hatten. Einfach ein bisschen herumspazieren – aber nicht zu schnell. Einfach ein bisschen reden – aber nicht zu viel. Einfach ein bisschen etwas gemeinsam unternehmen – aber nicht zu nah.

«Moin!» An der offen stehenden Haustür war Frau Ekkengas Stimme zu hören. «Ich habe den Gepäckkarren vor die Tür gestellt. Ist jemand zu Hause?» Der Duft nach Zitronenreiniger breitete sich in der Wohnung aus und erinnerte Frauke daran, dass hier gleich alles geputzt und gewienert werden würde. Sie rollte ihren Koffer in den Flur und stellte ihn zu den anderen. Die Vermieterin stand mit ihren Putzeimern neben dem bunten Gepäckberg und sah ein wenig so aus, als erwarte sie eine weitere Standpauke. Doch weder Frauke noch Henning hatten vor, Frau Ekkenga an ihren Organisationsflop zu erinnern. Es gab keinen Grund dazu. Manchmal kam das Schicksal eben als Missgeschick daher und erwies sich dann später als wahrer Glücksgriff.

«Haben Sie sich denn erholt?», fragte Frau Ekkenga zaghaft und verteilte diskret zwei Rechnungen. Frauke wagte einen Blick auf den Zettel: Wie verabredet hatte sie eine Nacht erlassen und den Rest durch zwei geteilt. «Normalerweise ist jetzt ja immer der Zeitpunkt, über Ihre Pläne für die nächsten Sommerferien zu reden. Sie wissen, Stammgäste haben Vorrang. Aber ...» Frau Ekkenga zögerte.

«Ja, und?», half ihr Henning auf die Sprünge.

«Nun ja, ich könnte mir denken, bei Ihnen sieht das dieses Mal eher anders aus. Was ich auch gut verstehen könnte, schließlich –»

«Tatsächlich sieht die Sache im kommenden Jahr etwas anders aus», erklärte Frauke. «Wir würden im nächsten August nämlich gern zwei Wochen statt einer kommen, wenn das möglich ist.»

«Oh!» Ungläubig zückte Frau Ekkenga ihren Terminkalender.

«Zwei Wochen, das könnte zwar wieder eng werden, Hauptsaison, Sie wissen ja. Aber ich will mal sehen, was sich da tun lässt.»

«Meine Tochter und ich hoffen ebenfalls auf vierzehn Tage.» Erwartungsvoll sah Henning sie an.

Schon trat der armen Frau der Schweiß auf die Stirn. Immer hektischer blätterte sie in ihren Plänen. «Oje, zweimal vierzehn Tage wird wohl kaum noch machbar sein.»

Henning und Frauke sahen sich amüsiert an.

«Ach, Frau Ekkenga», warf Henning ein, «vielleicht sollten wir erwähnen, dass es sich sehr gern wieder um dieselben vierzehn Tage handeln kann.»

«Und um dieselbe Unterkunft», fügte Frauke hinzu.

Ungläubig schaute die Vermieterin von einem zum anderen. «Wirklich?»

Sie nickten beide. Und wenn Keno und Clara jetzt hier gewesen wären, hätte es ganz sicher zwei weitere nickende Köpfe gegeben, dachte Frauke.

Frau Ekkenga schien nicht wirklich zu verstehen. Frauke war ja selbst erstaunt, wie leicht ihr die Entscheidung gefallen war, sich spätestens in einem Jahr wieder mit dem seltsamen Herrn Trigg und seiner neunmalklugen Tochter im *Piratennest* zu treffen.

«Also gut, ist so notiert», sagte Frau Ekkenga schließlich. Die Erleichterung stand ihr ins Gesicht geschrieben – die Neugierde auch. Aber sie reagierte ganz professionell. «So, ich muss jetzt noch weitere Gäste verabschieden. Bitte ziehen Sie bei der Abreise einfach die Tür hinter sich zu und legen Sie den Schlüssel dorthin, wo Sie ihn bei Ihrer Ankunft gefunden haben, ja? Ich komme dann später zum Putzen wieder.» Sie wünschte eine gute Heimreise und einen noch besseren Start in den Alltag, dann zog sie weiter.

Bis nächstes Jahr im *Piratennest*!, dachte Frauke und betrachtete den kleinen hölzernen Karren, der abfahrbereit vor der Tür stand.

«Kommst du, Clara?», rief sie ins Haus.

Henning versuchte derweil, Keno über Handy zu erreichen, damit der nicht auf Wolke sieben schwebend die Schiffsabfahrt verpasste. Dann hievte er die Koffer auf den Gepäckkarren.

«Ich möchte ziehen!», erklärte Clara und schnappte sich den Griff. Henning legte seine Hand auf die obersten Taschen, damit der hoch aufgetürmte Kofferberg bei der Fahrt über die Pflastersteine nicht zur Seite kippte.

Frauke blieb einen Moment in der Tür stehen. Ein wehmütiges Gefühl trug ihren Blick durch das aufgeräumte Ferienhaus. Die Vorhänge würden nächstes Jahr wahrscheinlich noch immer verblichen und ein wenig zu kurz sein, die maritimen Bilder weiterhin ein bisschen schief im Rahmen hängen, und im Garten würde die Hängematte einladend von links nach rechts schaukeln. Nur dass bis dahin nicht sie hier zu Hause wären – Frauke, Henning, Clara und Keno –, sondern irgendeine andere Familie. Und auch die anderen Gäste würden in den Koffern nicht nur Klamotten und Strandutensilien mitbringen, sondern auch all die vielen kleinen menschlichen Probleme des Alltags – in der vagen Hoffnung, dass diese auf der Insel irgendwo verlorengingen, sich in der Nordsee auflösten, vom Westwind verweht wurden oder in den Dünen versandeten.

Die Tür fiel klackend hinter ihr zu. Frauke fühlte den Schlüssel in ihrer Hand. Dann legte sie ihn wie abgemacht unter die Fußmatte.

Mal ehrlich, wo gab es so etwas heutzutage noch?

Sandra Lüpkes,
geboren 1971, aufgewachsen auf der Nordseeinsel Juist, lebt in Münster, wo sie als Autorin und Sängerin arbeitet. Im Rowohlt Taschenbuch Verlag sind bislang acht Kriminalromane erschienen, sechs davon um ihre tatkräftige Kommissarin Wencke Tydmers. Nach dem historischen Roman «Die Inselvogtin» (rororo 24617) und «Inselweihnachten» (rororo 25722) spielt auch diese Geschichte an der Nordseeküste.

Mehr zur Autorin und zu ihrer Arbeit unter:
www.sandraluepkes.de

Ole West,
geboren 1953 in Wedel, studierte Malerei und Buchillustration an der Fachhochschule für Gestaltung in Hamburg. Seit 1982 arbeitet er als freier Maler und Zeichner. Von 1984 bis 2010 wohnte er auf der Nordseeinsel Norderney, wo seine kreative Mischtechnik auf Seekarten entstand. Heute lebt und arbeitet Ole West zusammen mit seiner Frau in Wedel an der Elbe.

Mehr zu seinen Arbeiten unter:
www.olewest.de